EL EMBLEMÁTICO VALLE DE SAJAMBRE

ExLibric

CONSTAN FERNÁNDEZ FERNÁNDEZ

EL EMBLEMÁTICO
VALLE DE SAJAMBRE

EXLIBRIC

ANTEQUERA 2026

EL EMBLEMÁTICO VALLE DE SAJAMBRE
© Constan Fernández Fernández
Diseño de portada: Dpto. de Diseño Gráfico Exlibric

Iª edición

© ExLibric, 2026.

Editado por: ExLibric
c/ Cueva de Viera, 2, Local 3
Centro Negocios CADI
29200 Antequera (Málaga)
Teléfono: 952 70 60 04
Fax: 952 84 55 03
Correo electrónico: exlibric@exlibric.com
Internet: www.exlibric.com

ISBN: 979-13-88079-47-4
Depósito Legal: MA 17-2026

Impresión: PODiPrint
Impreso en Andalucía – España

Nota de la editorial: ExLibric pertenece a Innovación y Cualificación S. L.

CONSTAN FERNÁNDEZ FERNÁNDEZ

EL EMBLEMÁTICO
VALLE DE SAJAMBRE

Constan Fernández, autora de esta novela, con el pueblo de Pío de Sajambre al fondo.

Glosario

Andaba tora: andaba en celo

Ayer noche: ayer por la noche

Baraya: baraja

Bellada: nube o niebla cargada de agua que llega por el frío o alusión del frío sajambriero

Berrido: grito de dolor del ganado vacuno

Bolla: torta preñada rellena de tocino, jamón y chorizo

Boroña: harina de maíz cocida con agua templada y sal

Calcetos: calcetines

Cantina: bar

Cascallo: juego de saltar sobre unas líneas pintadas en el suelo.

Cierzo: niebla fría y húmeda

Daque: algo

Depalar: quitar la nieve con la pala de los caminos y carreteras

Desterrizar las tripas: separarlas

Devolaba: corría

Embejecido: aviejado

En ca: en casa

En ca de: en casa de

En pueblo: en el pueblo

Escaño: banco

Espetar: introducir unos palos para que trepen los *frejoles* como si fuera hiedra

Frejoles: alubias verdes
Gabiel: Gabriel
Gocho: cerdo
Güela: abuela
Hambruca: hambre
Huelgas: huellas, pisadas en la nieve
Jarse: jersey
Jatín: ternero.
Jiya: hija
Llombro: hombro
Malia: Amalia
Milia: Emilia
Moruxa: malas hierbas
Muyer: mujer
Ome: hombre
Pacho: Francisco
Prao: prado
Prestaba: gustaba
Rapaz/a: niño/niña
Sequillos: pastas de té hechas con manteca de cerdo
Surcos: filas de tierra
Tallo: taburete de madera
Trébede: fuego debajo de la encimera
Vatea: balde
Yerba: hierba

Prólogo

Milia se cría en Oseja de Sajambre. Tiene a su madrina en Pío de Sajambre, donde va con mucha frecuencia a visitarla.

De Pío también es Pacho, un *rapaz* del que se enamora en la fiesta de Oseja. Se casa con él, pero el matrimonio no es todo lo dichoso que digamos por la adicción que tiene Pacho al alcohol. Milia tiene que aminorar las desdichas y sufrimientos que le depara la vida.

De la vida marital tiene una *jiya* llamada María Jesús, que les colma de gozos y alegrías.

Pacho trabaja en la cantera de Paniellas y su mejor amigo y vecino en la mina de Llaete.

En la novela, la autora nos traslada hasta los maravillosos años sesenta y muestra cómo es el emblemático valle de Sajambre, los Picos de Europa con su encanto y sus costumbres. Menciona los cuatro pueblos pertenecientes al ayuntamiento de Oseja de Sajambre, como son Soto, Pío, Verdes y Ribota.

Juntos viven aventuras y desventuras hasta que sucede una tragedia.

Todo ello versado con unas pinceladas de sexo.

Una historia de época que nos cautivará desde el principio.

Nota

Los personajes, acontecimientos y situaciones de esta novela son en su totalidad producto de la imaginación. El autor no responderá de ninguna coincidencia con la realidad.

Introducción

Al rezar estas palabras, redoblan en mi mente la admiración por sus gentes y la manera en que se portaron conmigo, así como el sentimiento que guardo sobre su bellísimo paisaje. Entre estas líneas guía el valle de Sajambre, la pila bautismal de un renacer de palabras, el eje de mi vocación profesional. Y, ya sin más preámbulos, quiero dar honor y gratitud a todos los que colaboraron incondicional y desinteresadamente, y más aún a quienes, entusiasmados, me apuraron y animaron. Embelleciéndola con sus nombres de montes, cumbres y prados, ennobleciéndola y dándole lustre y esplendor para que quedara enriquecedora, enardecerte y apasionante.

Siempre he querido rendir un pequeño homenaje a este valle, especialmente a Pío de Sajambre, donde reposa, por desgracia, eternamente mi *jiyo*, Marcos Redondo Fernández. Se me antoja corto todo lo que he escrito, y creo que me quedé chica realzando su encanto tan natural, ese que se respira en los hogares y establos, así como en toda su flora y fauna. Quisiera que fuera, para el lector, una novela enriquecedora, apasionante y muy enardecedora, pese a tantas vicisitudes y calamidades como se vivieron en Pío de Sajambre y su comarca en aquellos años.

Deseo ya, sin ambages, no haber dañado el corazón ni la sensibilidad de nadie. Quisiera que mis ojos fueran los suyos para plasmar tanta belleza.

Toda la zona de Oseja de Sajambre maravilla los ojos de cualquiera.

Descubrir los senderos y las rutas más bonitas de la zona: rutas que son, además de mágicas, fluviales, con pasaderas de piedra y lindas cascadas. Todo ello hace de este un inolvidable y emblemático valle.

MARCOS, PARA TI, QUERIDO *JIYO*.

Topografía del valle de Sajambre

Oseja de Sajambre limita por el norte con Asturias, iniciado ya el desfiladero de los Bellos, y al sur con Riaño (León), pasado el puerto del Pontón. El municipio, pese a pertenecer a la provincia de León, está situado al norte de la cordillera Cantábrica, entre una majada, y vierte sus aguas en Asturias.

Dentro de su término municipal —concretamente en la Fuente del Infierno— nace el río Sella, que cinceló el bellísimo desfiladero de los Bellos por el que discurría Asturias, en la provincia de León, hasta desembocar en el mar Cantábrico, en el río Tornado, Ribadesella.

A este municipio pertenecen la propia localidad de Oseja de Sajambre y las cercanías de Pío de Sajambre, Vierdes de Sajambre, Ribota de Sajambre y Soto de Sajambre.

Allí el viajero puede disfrutar de los deliciosos quesos y de la sabrosa carne.

Este hermoso valle, enclavado en el nordeste de la provincia de León, valle de Sajambre, destaca siempre como uno de los más bellos de España.

A todos nos falta descubrir sus senderos y sus mágicas rutas fluviales, con paseos de piedra y lindas cascadas, que lo convierten en el emblemático valle.

1

Llegó el día 15 de agosto, día de la fiesta de Oseja. La fiesta se celebraba tradicionalmente en un prado casi circular, llano, situado sobre una colina, el llamado la Cortina de la Fonta.

El baile estaba en todo su apogeo. Milia, muy guapa, olía a bebé, a colonia Calvero; no aparentaba los dieciocho años que tenía. Pacho, con sus veintiocho años, serio y grave, de distinguido porte y con su arreglado y fino bigote, estaba muy guapo, vestido con un traje de tres piezas, chaleco incluido.

Era verdad que en toda la comarca no había *rapaz* más fornido. Sus padres le habían criado con buenas lonchas de jamón y sabrosa ternera.

Llegaron un grupo de *rapaces*.

—Amigos, ¿no queréis bailar con ellas? ¿Os las presento? —preguntó muy orgulloso—. Sentadas por ahí se ven todavía muchas guapas mozas que no tienen pareja. Y si os faltaran, nosotros estamos dispuestos a cederos las nuestras.

Un volador estalló en ese momento por los aires y todo se llenó de humo.

Tanto ruido y algarabía fue causa de que no se advirtiese, en un principio, la llegada de la juventud de los pueblos lindantes. Se presentaron en gran número, silenciosos, fatídicos. En vez de acercarse al prado y tomar parte en el regocijo, quedaron lejos, en la sombra, formando un espeso grupo cuya cola o retaguardia se perdía en el camino, fuera ya de la plaza. Apoyados con ambas manos en sus largos palos de avellano, permanecían inmóviles mientras fumaban un cigarrillo.

Milia, que se hallaba en todo su esplendor, se arremangó pacientemente las mangas de la blusa abullonada de raso verde que le hacía más mayor; falta le hacía, porque sus rasgos eran de diamante y la hacían aún más joven y guapa de lo que era. Le tembló el brazo, de los nervios que tenía por abajo y por arriba.

Lucía una falda de cuadros por debajo de la rodilla, con pliegues adornados con alfileres, y calzaba zapatos de tacón cuadrado.

Era una *rapaza* muy guapa y con una reputación notable. Aquella *rapaza* dejaba *huelgas* por donde iba y no cicatrices.

Hervía el prado con rumor tan gozoso, entre cantos y risas…

Pacho era un joven *rapaz* que vivía los vientos por ella. Vestía camisa de manga larga y pantalón de campana, ancho y recto. Su voz sonó tan dulce… Le gustaba todo lo que él le decía. La besó en la frente, un beso casto. Mientras bailaba con ella intentó tocarle el terso trasero, pero ella no se dejó. Una orquesta tocaba música pachanguera y todos bailaban.

El aroma de los geranios y los rosales era muy denso. Ella respiraba con dificultad. Oía su respiración y sentía su rostro, que ahora avanzaba un poco sobre la copa de vino, muy cerca de su refresco. Él cerró los oscuros ojos a través de sus erizadas y salvajinas cejas, y tardó unos segundos más de lo que ella esperaba. Ella tenía un abanico en el bolso que había heredado de su madre y se dio un poco de aire. Mientras, bailaban un tema agarrado.

Pacho se intentó propasar un poco, posando su mano derecha sobre su prieto trasero.

Ella le espetó de inmediato:

—El día que me deje tocar será por amor.

Desde entonces la *rapaza* tuvo cuidado y fue más recatada. La *rapaza* se puso seria.

Todo quedó en un mal suceso e hicieron las paces.

Desde aquel día, prometieron escribirse a diario.

Pacho colocó en su mesita de noche un portarretratos de la joven, de madera de roble tallado por él mismo.

Para Milia, desde aquel día, no cesaron de brotar mariposas en su tierno corazón.

Pacho era muy tunante y, con su letra barbitúrica, le decía que la extrañaba.

Pasó un año haciéndole la corte entre cartas con poesías y visitas.

Son tus silencios, que me castigan si me los callas, los que más pesan.

Son tus ausencias, que me pierden si me las ofreces, las que más imponen.

Son tus miradas, que me condenan si me las niegas, las que más faltan.

Son tus latidos, que me duelen si me los escondes, los que me hieren.

★★★★★

Quiero quemarme en todos los te quiero que callas, para no entregar todo lo que tú tienes.

Quiero perderme en todos los momentos que guardas, para no esperar todo lo que tú quieres.

21

Quiero morirme en todos los besos que escondes, para no dar todo lo que tú sientes.

Quiero refugiarme en todos los días que ocupas, para no demostrar todo lo que tú eres.

★★★★★

Cuando duelen más tus silencios que el fuego de mis labios.
Cuando hacen más tus distancias que el regreso de mis pasos.
Cuando hieren más tus abrazos que el lugar de mis encuentros.
Cuando mueren más tus soledades que el motivo de mis miedos.
Cuando exigen más tus deseos que el tiempo de mis sueños.
Es ahí cuando… más te necesito.

★★★★★

Solo vivo una espera triste, callada y fría.
Solo tengo una lágrima inquieta, amarga y oscura.
Solo siento una soledad silente, sostenida…, sola.

★★★★★

Perdido de tu presencia, siento oscuridad en tu mirada.
Invadido por tu ausencia, vivo permanentemente con tu dolor.
Herido con tu indiferencia, muero por tu frío silencio.
Sin llamada.
Sin respuesta.
Sin vida.
Sin… ti.

★★★★★

Son tus silencios, que me castigan si me los callas, los que más pesan.

Son tus ausencias, que me pierden si me las ofreces, las que más imponen.

Son tus miradas, que me condenan si me las niegas, las que más faltan.

Son tus latidos, que me duelen si me los escondes, los que me hieren.

★★★★★

Quiero quemarme en todos los te quiero que callas, para no entregar todo lo que tú tienes.

Quiero perderme en todos los momentos que guardas, para no esperar todo lo que tú quieres.

Quiero morirme en todos los besos que escondes, para no dar todo lo que tú sientes.

Quiero refugiarme en todos los días que ocupas, para no demostrar todo lo que tú eres.

★★★★★

Cuando duelen más tus silencios que el fuego de mis labios.
Cuando hacen más tus distancias que el regreso de mis pasos.
Cuando hieren más tus abrazos que el lugar de mis encuentros.
Cuando mueren más tus soledades que el motivo de mis miedos.
Cuando exigen más tus deseos que el tiempo de mis sueños.
Es ahí cuando… más te necesito.

★★★★★

Solo vivo una espera, triste, callada y fría.
Solo tengo una lágrima inquieta, amarga y oscura.
Solo siento una soledad, silente, sostenida…, sola.

★★★★★

Perdido de tu presencia siento oscuridad en tu mirada.
Invadido por tu ausencia vivo permanente con tu dolor.
Herido con tu indiferencia muero por tu frío silencio.
Sin llamada.
Sin respuesta.
Sin vida.
Sin… ti.

★★★★★

Siento el tiempo de tu distancia como un silencio helado que me quiebra el recuerdo.
Siento el vacío de tu ausencia como un tiempo amargo que me encadena el alma.
Siento el ardor de tu herida como un grito sordo que me desangra el corazón.
Siento que… te siento cuando no siento.

★★★★★

Son tus silencios, que me castigan si me los callas, los que más pesan.

Son tus ausencias, que me pierden si me las ofreces, las que más imponen.

Son tus miradas, que me condenan si me las niegas, las que más faltan.

Son tus latidos, que me duelen si me los escondes, los que me hieren.

Su amor fue construyéndose sobre un cimiento sólido, hasta que se comprometieron oficialmente.

★★★★★

En la cocina donde residía Milia había varios almanaques de propaganda. La pared estaba pintada de cal y el zócalo de color verde llegaba hasta la mitad.

La madre de Pacho deseaba allanar el camino para hablar a su *jiyo* y empezó a decir:

—No soporto a las *muyeres* que se pasan la vida buscando un marido que las mantenga —confesó a su *jiyo*—. Por otra parte, tú sabes como yo que la familia de Milia y ella misma viven para afuera. Representan un nombre, pero nada más. Ese tipo de gente me crispa, me da dolores de cabeza. Si ella ya de por sí parece presumida, imagínate casada contigo. Gastará sin control y un día tendrás que decirle que de tus bienes no queda nada. Madre, tú guardas el dinero con avaricia; el dinero hay que gastarlo, el día que te mueras no te vas a llevar nada.

—Eso es cierto, *jiyo*. «Una vez entregada y desflorada, ¡Dios mío!, perdóname…». Estas fueron sus postreras palabras.

—Cállate, madre, que Milia no es así. Ella me ama de corazón. Y para decir hay que tener memoria, y tú ya chocheas. Y para decir la verdad hay que tener valor y tú no lo tienes, madre.

—De todas maneras, os deseo mucha ventura en vuestro matrimonio.

Y en Oseja de Sajambre, hasta los bordes de la hoja, con una letra apretada y armoniosa, *ola para acá, ola para allá*, así estaba Milia.

Con su pluma febril, que le habían regalado, intentaba no hacer renglones de tinta; de la «a», la «c», la pluma rasgaba sin tregua líneas y líneas sobre el papel y le contaba todo tal como lo concebía.

Escribía misivas a su amado Pacho.

Le narraba el ambiente bonito que le rodeaba en Oseja de Sajambre. Desde la casa de sus padres parecía estar siempre airada y sumisa. Así estuvieron hablando hasta que se casaron, escribiendo cartas más bien del tipo testamentario por lo extensas que eran.

Vestida con un sutil camisón, los bordes de la prenda, tan liviana, se arrugaban y dejaban al descubierto sus lindas piernas.

Cerró algo despacio el sobre y volvió a cerrarlo otra vez, definitivamente.

Se quedó frotando sus manos entre los pechos pueriles y aquellas mejillas limpias, sin gota de granos ni vello.

¿Cómo imaginar el recordado bigote y sus párpados cargados de tedio de su amado?

El joven Pacho tenía los bigotes más rígidos que nunca; tanto que una mosca podría haber caminado por ellos. Recordaba con ardor el día que la besó en la boca por primera vez, aquel beso tan apasionado, de mariposa. Recordaba las palabras tan repetitivas que decía su madre: «El primer beso que das nunca se podrá olvidar».

Aunque ya los conocía de vista, el futuro novio decidió ir a conocer a sus suegros en Oseja de Sajambre. Estos le obsequiaron con una copiosa comida. Para ello mataron un cabrito y la madre de la novia lo guisó. Era una *muyer* muy maternal y hogareña, aparte de ser una gran cocinera.

La comida había empezado bien. Después, Milia consiguió servir el café a la perfección, pese a que todavía le temblaban las manos por los nervios. Al final, sin embargo, el *rapaz* le brindó más oportunidad de tranquilizarse y todo salió perfecto. No daba muestras de ansiedad al contemplarla, ni de rozar sus manos como por casualidad, mientras a la vez, por azar, el azucarero de loza casi se caía al suelo, ni de mirarla a los ojos, aunque fuera por un segundo de más. En lugar de ello, durante la conversación, la mirada del *casadero* se mantuvo obstinadamente prendida en el cabello de la *rapaza*, y sus ojos solo destellaban eventualmente cuando planteaba alguna pregunta que le apremiaba en especial.

★★★★★

Una mañana de domingo, Milia y su amiga se encaminaron hacia Pío de Sajambre, que estaba a unos cuatro kilómetros aproximadamente. Aquel campo verde abierto, aquella enorme mancha de un verde muy claro, tan claro que hacía daño a la vista, estaba protegida por un enorme cinturón selvático de flora y enormes montañas. El río descendía, a veces suave, a veces rumoroso, pero siempre limpísimo.

Los arroyos que bajaban de las cumbres con mucha rapidez, como si la nieve que había los persiguiera, acunaban truchas que engordaban en el agua gélida y en las orillas; crecían caracoles entre las húmedas *yerbas*.

Los árboles frutales, en verano, medraban a borbotones.

En los montes había alguna que otra cueva para que los pastores se guardasen del frío, y sotos sombríos donde guarecerse en verano del calor. También había colmenas repletas de rica miel de la zona y agua exquisita para beber.

Después de columbrar unos senderos, de atravesar verdes campos y un denso bosque, se veían a lo lejos las majestuosas montañas de los Picos de Europa, el imponente y severo paisaje. El sendero empezaba a encaramarse hasta la cima de Pío de Sajambre, cruzando todo tipo de vegetación en la que predominaban los *praos*, pastos y *yerbas* olorosas. Se escuchó el sonido de las esquilas y el mugido del ganado…

Un paisaje montañoso en el que había más rocas que *praos*, colinas con bosques de todo tipo de añosos árboles, helechos y abundante musgo. De vez en cuando se veían paredes que conducían a unas diminutas altiplanicies y un arroyo que con frecuencia desembocaba en mayores o menores cascadas en el río Anguera.

Más abajo del sendero, el río quebraba su curso entre paredes rocosas. La visión del valle fluvial y las montañas que lo rodeaban era arrebatadora.

En una luminosa mañana de verano, el olor a *yerba* hacía que la guapa *rapaza* de mirada sumisa y cuerpo esbelto, de alta estatura y ojos grandes separados por su pequeña nariz, respirara

28

con fuerza. Ya harta de caminar y por conocer el camino de sobra, podía ir con los ojos vendados.

—¿Falta poco para llegar? —preguntó la joven.

—Solo un pequeño esfuerzo y en un cuarto de hora estaremos en el pueblo —le dijo su amiga para alentarla.

Hacía aproximadamente media hora que las dos viajeras habían comenzado a bajar por el sendero, cuando llegaron a la cantera de Paniellas, donde se extraía esa piedra tan famosa. Todo allí era un aura de piedras, unas de las más codiciadas de toda España. Allí se juntaban los amaneceres y los anocheceres entre aquellas piedras, a orillas del riachuelo, junto a una vegetación hermosa y cimbreante.

Pacho decía que aquello era su atalaya, y era bien cierto. Columbraron un par de retiros, pasaron una pequeña cima y por fin llegaron a Pío de Sajambre. Se divisaron todos los barrios: el Pinar, la Piquera, la Cuesta y las tierras del Joyo.

Desde casi todas las casas del pueblo se escucharon gritos de bienvenida, pero ella siguió caminando. No contestaba a los saludos ni a las preguntas, solo lo hacía con la mano. Se detuvo frente a la última casa del pueblo. En aquel momento salió de la casa una *muyer* corpulenta, de dulce aspecto, y se reunió con ellas. Era su madrina.

La *rapaza* contestó a cuantas preguntas le hizo y saludó con la mano a los vecinos. La puerta estaba abierta. Una voz la llamó desde el interior.

Desde pequeña, la *rapaza* conocía la casa, pues vivía a caballo entre Oseja y Pío. Tenía a su madrina en Pío y con frecuencia acudía a visitarla.

—Pasad, querida —dijo su madrina. Al parecer, la *rapaza* ya conocía el interior de la casa y a la *muyer* que había dentro. La *rapaza* entró en el interior y se sentó en el *escaño*.

Su madrina preguntó a la *rapaz*:

—¿Tendrás *hambruca*?

—Sí, y mucha —afirmó la *rapaza*.

La señora la agasajó con todo tipo de viandas de la zona, como queso, embutido y riquísimo jamón curado de los *gochos* matados allí, aunque este parecía de Extremadura.

La *rapaza* se había sentado en el *escaño* y estableció conversación mientras comían con las tres *muyeres*, que entablaron en seguida una animada charla muy amena.

En aquel momento, la madrina, de aspecto dulce, se atusaba los cabellos y, con un mandil floreado, comenzaron una interesante conversación acerca de los habitantes de Pío de Sajambre y de los pueblos lindantes.

Una arruga profunda surcó su frente, signo de su cansancio y sufrimiento; su faz, ordinariamente blanca, se tiñó por la fatiga.

—¿Estás cansada?

—No —negó esta—, pero tengo agujetas.

—Agujetas: eso es que no estás acostumbrada a caminar —le dijo su madrina, dándole la mano sarmentosa y oprimiéndola con la suya.

En ese preciso instante entró en la cocina su futura suegra y esta le espetó:

—No digas bobadas. Es una broma, *muyer* —le dijo titubeando su madrina, y las cuatro sonrieron.

El día había cambiado y se había puesto de tormenta. Parecía que sobre ellas se cernía una mañana tormentosa.

Los preparativos de la boda

En el interior de la iglesia, las *muyeres* más creyentes habían ayudado al señor cura a limpiar la iglesia, a embellecerla, a darle lustre y esplendor: estaba impoluta.

Ya que las *muyeres* habían estado con el escobón de esparto, pues las arañas, columpiándose con su hidrópica panza sobre sus descomunales zancos, solían ser más listas y se refugiaban sibilinamente en los rincones más oscuros.

El padre de Milia le había cedido su carro para transportar su ajuar…

Y llegó el día de la anhelada boda…

Milia era una *muyer* pequeña, con pies igual de pequeños, con mucho pecho y buen aspecto. Cuando caminaba majestuosamente por los caminos de Oseja, los *omes* no le quitaban la mirada. Se sentía mal al verse tan observada.

Para la boda, Milia había reunido en los armarios de luna y en las cajoneras del tocador, con los tiradores con forma de concha de los que ella tanto presumía, además de la colcha, paños de cocina y sábanas, todo bordado por ella.

Le llevó todo el papeleo al señor cura: el libro de familia, la fe de bautismo y el certificado de nacimiento. Estuvieron dialogando durante mucho tiempo.

Escribió su nombre. Estaba tan nerviosa que le sudaban las manos; todos los miembros los tenía engarfiados de tanto trabajar en las tierras.

Había muchos *omes* sonrientes y dinámicos que vivían cerca de ella en el pueblo. Todos parecían felices y charlaban con ella de manera amena. Caminaban contentos, con el semblante alegre y algo cansado de faenar.

Ella se sentía excluida de ese mundo y desplazada a una nueva existencia de la que ya quería escapar, pues creía que su marido era muy distinto a ellos. Sentía nostalgia y deseaba compensar el vacío efectivo que necesitaba.

El día de la boda, casi todas las *muyeres* se habían puesto los rulos la noche anterior y, aunque no habían dormido nada por las molestias, estaban muy guapas.

El futuro novio, con su recortado bigote, le había llevado todo al señor cura: el libro de familia, la fe de bautismo y el certificado de nacimiento. Estuvieron dialogando durante mucho tiempo, pero al final la conversación quedó en frivolidades.

Las *muyeres*, un día antes, habían amasado el pan en aquellos hornos de leña que tenían la boca grande como la de un león hecha con piedras de la cantera de Paniegas. Las *muyeres* tenían preparado en un tazón el fermento para que subiera bien el pan.

El señor cura, en principio, no quería casarlos porque quería que la ceremonia se celebrase en Oseja de Sajambre, como mandaba la tradición, pero el novio se negó.

Disponía de algún objeto de plata. Su madre le decía:

—¿*Jiya*, para qué quieres la plata?

—Pues la limpiaré con agua de hervir las patatas.

Cuando ya todo estaba listo, el cortejo nupcial avanzó hacia la iglesia a esperar a los novios.

La boda se organizó de forma muy solemne, como había planeado la *rapaza*. Para no tener que celebrar la ceremonia en la iglesia y llenarla, el señor cura la excluyó de la misa de domingo y la realizó un sábado, por lo que al final no se formó una cola tan larga para felicitar a los recién desposados, pues habían venido gentes desde los cuatro municipios de Sajambre y de los concejos de al lado.

Y ya, sin más ambages, comenzó la ceremonia…

La iglesia estaba llena hasta rebosar; el coro de arriba casi se rompía de tantos *omes* como habían subido.

La suegra y la madrina habían ayudado a decorar la iglesia con flores y candelabros de bronce. El padre de la novia, muy alegre, se encargó de conducir a la novia al altar. Iba muy elegante.

El joven *rapaz*, al ver llegar a la novia al altar, acompañada del brazo de su padre, don Ceferino Díez Redondo, no pudo evitar las lágrimas.

La novia había mandado hacer a medida el vestido en León, pensando en su boda. Habría sido más bonito de haber sido de seda, pero lo había descartado por ser un gasto innecesario. A fin de cuentas, nunca más volvería a ponerse un vestido de seda, así que se decidió por uno de raso. Ese día, el cabello de la novia bajaba suelto y ondulado por su espalda. Habían apartado la melena del rostro con una diadema con flores de tela del mismo vestido. Llevaba algo prestado de su madre, que era la pulsera de azahar, y algo azul, que era un conjunto de ropa interior que le había regalado su mejor amiga, Elsa.

La misma Milia pensó, mientras se colocaba los pendientes y el collar de perlas que tanto se llevaban en aquellos años, que nunca se había visto tan guapa cuando se miró en el espejo de luna que había en el aparador del cuarto. El vestido de boda de la novia atrajo todas las miradas y los comentarios elogiosos. Ella estaba encantada.

La novia llegó con bastante retraso a la iglesia, pero finalmente se culminó el enlace y pusieron su broche de oro a su relación de amor. En cambio, el marido tenía una letra que era como de barbitúrico de lo bonita que era.

—¡Oh, entonces tiremos el arroz! —gritaba la gente.

—¡Vivan los novios! —gritaban al unísono.

Y lo tiraron por encima de los novios. Una vez salieron de la iglesia, recién casados, se dieron un beso delante de la gente.

Cuando salieron de la iglesia, el novio le acarició el cabello. Ningún *ome* se lo había acariciado como él. Lo llevaba ondulado y largo, con una fina tiara con flores blancas; la verdad es que estaba guapísima, toda la gente lo decía. Se hicieron unas pocas fotografías con la familia más cercana.

Luego, después del casamiento —que se registró en aquella ceremonia tan conmemorativa—, había unos cuantos garrafones de vino de cristal forrados de mimbre y cañas con sus cuellos estrechos, casi como de cisnes, que los habían tenido en las fuentes enfriando para ser bebidos. En las mesas lucían porrones de cristal para beber el vino sin que cayese en la boca, como si fuera una bota.

El almuerzo fue toda una gran pitanza, servido en una vajilla que le habían regalado a la novia, de cerámica de la firma Sacradero. Primero sirvieron unos buenos entremeses: queso de Baldeón, jamón y cecina, y luego un buen cabrito guisado. Los *omes* bebieron vino; las *muyeres* lo mezclaron con gaseosa y los *rapaces* bebieron refrescos y gaseosa. Las *muyeres* no cesaban de moler café en el molinillo a mano. Y allí, en aquella casa, prosiguieron los cánticos, junto con los brindis y los discursos filosófico-sociales. La boda finalizó por la tarde con un buen baile…

El novio, ya bien puesto de alcohol, se arrimó a uno de los nogales y, durante un buen rato, salieron de su boca ciclópeas y profundas maldiciones, pero nadie le hacía caso y todos bailaban con una cordial y envidiable alegría.

La boda no fue recordada por la ceremonia, sino por el banquete.

2

—Por desgracia, no puedo ofreceros una cama de verdad —les dijo su suegra—. Pero hay una pequeñita que está limpia y es mullida. El cuarto de arriba da encima de la chimenea de la cocina. El cuarto no tiene bombilla, se ha fundido hoy, qué mala suerte, aunque la primera vez es bonito a oscuras. Aguardad, os daré sábanas y mantas, hasta que ella saque sus cosas del ajuar. —La cama está apuntalada, de eso se encargó mi esposo. Lo ha hecho para la ocasión, para que no se escuche nada y sea más llevadera la primera noche de coyunda.

Y, con un mohín algo nervioso en el rostro, se dio la vuelta y se marchó.

Escapó de sus labios una sonrisa mientras cerraba la puerta tras sí.

La novia estaba aterrada. ¿Iba a tener que pasar la noche de bodas en esa cama y perder la virginidad?

—¿Dónde puedo desvestirme… aquí? —preguntó con timidez. Era imposible que se desnudara delante de Pacho y en medio del cuarto. Por sus bonitos ojos caía alguna lágrima.

Pacho frunció el entrecejo. Sacó del bolsillo del interior de su pantalón un pañuelo que no estaba muy planchado y se lo dio a la par que le decía:

—Pero…, pero si nosotros ya estamos casados —contestó su esposo.

Milia tenía el rostro de color rojo escarlata. La luz de la bombilla desnuda del techo de madera iba y venía, quedando a oscuras con frecuencia.

Pacho rio complacido al verla. Tenía un cuerpo muy bien proporcionado.

—Yo me preocuparé de eso. —Con toda tranquilidad se soltó la hebilla del cinturón—. Y ahora, tápate con las mantas para que no te enfríes.

Ni se ofreció para quitarle el sencillo vestido.

Era evidente que Pacho no había visto una *muyer* desnuda por vez primera. Tampoco parecía sentirse inseguro; al contrario, su rostro expresaba una alegría anticipada. Sin embargo, Milia rechazaría su ayuda en caso de que se lo ofreciera, ya que tenía destreza suficiente y podía quitárselo sola. Aunque aquel vestido no era fácil, porque estaba cerrado por la espalda con botones forrados de la misma tela y estos eran muy pequeños. Sentada al borde de la cama, por fin consiguió desabrocharlos.

Se sobresaltó cuando sintió los dedos de Pacho en su espalda.

—¡Mejor así, desnudita! ¡Ahora quítate ese puñetero sujetador! —le añadió él con una especie de risita.

Era evidente que su miembro se estaba poniendo duro y muy grande…

La ingrata *muyer*, al verlo, pensó: «Seré penetrada y partida en dos».

Milia asintió. Solo deseaba que la noche pasara pronto y el acto llamado *hacer el amor* terminara. Luego se tendió con desesperada determinación sobre el lecho de aquella cama. Quería acabar cuanto antes; daba igual lo que la aguardara.

Se puso en silencio boca arriba y cerró los ojos. Las manos se le crisparon en las sábanas una vez que se hubo cubierto con las mantas. Pacho se echó junto a ella al tiempo que se quitaba el calzoncillo.

Milia sintió sus labios en el rostro. Su esposo le besaba las mejillas y la boca.

—No pasará nada —le dijo.

Ya se lo había permitido antes. Pero entonces intentó introducir la lengua entre sus labios. Milia se tensó de inmediato, pero luego se relajó cuando él notó su reacción y desistió. En lugar de ello, le besó el cuello, le bajó la enagua y empezó ágilmente a acariciar el principio de sus pechos.

Milia comenzó a tener deseo sexual. Su clítoris palpitaba como el corazón de un ciclista y sus pechos estaban muy turgentes.

Apenas podía tomar aire, mientras que Pacho respiraba cada vez más deprisa hasta que empezó a jadear. Milia se preguntaba si eso era normal y se llevó un susto de muerte cuando él le arrancó la faja de un tirón y, acto seguido, las bragas.

Tal vez en una cama más cómoda el acto hubiera resultado menos doloroso. Pero, por otra parte, un entorno más íntimo habría empeorado el asunto. Así, la situación tenía algo de irreal. No se veía nada en absoluto y las mantas eran tan ásperas… Ya era lo suficientemente terrible sentirlo.

Su esposo le metió algo entre las piernas, algo rígido, animado y vivo. Pero no resultó tan horrible ni asqueroso, y además no le dolió como ella creía. Al contrario, sintió un oleaje de placer que la bañaba e inundó su virgen cueva. Milia casi no gritó cuando algo en su interior pareció desgarrarse. Notó que sangraba.

Pacho parecía poseído; gemía y se movía rítmicamente dentro y fuera, disfrutando con ello.

Ella, al final, sintió una oleada de humedad caliente y, segundos después, Pacho pareció desmoronarse sobre ella. Ya había pasado. Su esposo se echó a un lado. Su respiración, aún agitada, pronto se calmó.

Milia emitió un leve suspiro mientras se tapaba con las mantas.

Pacho, besándole torpemente la mejilla, parecía estar satisfecho con ella.

Milia se esforzó por no apartarse de él.

El segundo día todavía fue más doloroso que el primero, aunque por suerte fue más rápido.

El cuarto matrimonial abría una fascinante vista panorámica de la cadena montañosa que limitaba los montes picudos de Sajambre. Las montañas del pequeño pueblo se veían, a la luz del sol, limpias y acogedoras. De la cocina salía el aroma del pan recién horneado y del café recién hecho.

A Milia le dolía todo el cuerpo. Su esposo la había hecho sentirse boba, mojigata, bobalicona y casi antisexual.

Las brumas de dolor y de calvario comenzaron poco a poco.

Ni por descontado pensaba en aquel terrible problema.

—¡Ah, esto empieza mal! —le indicó irónicamente él—. ¡Si crees que voy a cambiar!

El otoño se hacía notar entre tantas hojas caídas. Había castañas riquísimas, bastantes nueces y avellanas. El viento del norte soplaba con intensidad. Todo estaba lleno de follaje, donde predominaba el color ocre. ¿Cuándo descubrió el nacimiento junto al chorro del abrevadero de una fuente?

Todo era un vergel aquel pueblo: casi ni una teja, ni una rama de árbol estropeada, ni una brizna de *yerba* sin su gotita de agua.

El ganado rumiaba la *yerba* seca que habían comido en el fondo de los establos. Los paisanos mascaban las castañas al calor de la lumbre y solo salían cuando escampaba para abrir y limpiar las pequeñas presas de los *praos*, o revisar las paredes de piedra y setos que las cerraban. También solían ir al monte a cortar leña o en busca de helecho para hacer cama a las reses.

Cuando llegó a su casa colgó su chaqueta en la percha de madera que estaba colocada en la blanca pared. Se encontró con su hogar descongelado y triste porque él se lo había creado día a día, forjándolo sin cariño. La frialdad le salpicó la mente, pero puso un pretexto y no lo reconoció en su interior. Cerró los ojos para no encontrarse con su esposa, que estaba en la cocina cabizbaja, peinada con un moño bajo sujeto con algunas horquillas, por el que ya se le entreveían algunas canas.

Al día después de ser casada, su esposo comenzó a cambiar con palabras evocadoras, y el amor para con Milia comenzó a mermar.

—¡Ah, esto empieza mal! —le indicó irónicamente él—. Si crees que voy a cambiar.

Su futuro esposo trataba con manos temblorosas de abrir las piernas de Milia, que intentaba desesperadamente deshacerse del bárbaro que quería quebrantarla. Él golpeaba a la *muyer* para calmarla, observándola con su mirada vacía y desprovista de humanidad.

—Debes pagar por lo que has intentado hacer, ¡loba! —gritaba mientras descargaba su puño, feroz como el martillo que doblega el acero, sobre su pobre esposa.

Milia no lo pensó; de haberlo hecho seguramente no hubiese tenido las agallas de usar su propio cuerpo como parapeto para escudar a su inocente vecina, que recién había entrado por la puerta y se metió en la conversación… de los golpes que el malnacido le propinaba. Su aliento dulce y a la vez amargo por el vino que había tomado le bañaba el rostro; los jadeos de su esposo la inundaban por completo.

Se sentía cada vez peor de ese mundo que había imaginado y desplazada a una nueva existencia de la que ya quería escapar, pues creía que su marido era muy distinto a ellos. Sentía nostalgia y deseaba compensar el vacío efectivo que necesitaba. No dejaba de pensar en su pueblo, su Oseja del alma.

Milia estaba de cuclillas en el establo junto a la vaca e intentaba persuadirla. Se diría que era un animal afable, pero simplemente no conseguía sacar gota de leche de su ubre. Poco importaba cómo tirase ni amasase las ubres; de ahí no salían más de unas pocas gotas de leche. Cuando lo hacía su esposo y sus padres, todo parecía tan fácil. Y es que nunca le habían enseñado a ordeñar: solo había aprendido a ir a la escuela a coser y bordar.

—Tú eres diferente, Milia —le dijo con alegría—. Llegaste a Pío de Sajambre, como las flores de abril; tienes que darle alegría a esta casa, cambiar a mi *jiyo*, darle tesón —le dijo la suegra—. Eso sí, no te quiero ver por el valle de Sajambre en comandita; los grupos y marujeos siempre traen problemas.

—¡Mira que eres guapa! Las *muyeres* como tú lo sabéis, y eso es lo malo. Y, además, sabes serlo.

Ya se lo había dicho más veces… Milia estaba un poco harta.

—¿Guapa? —preguntó de inmediato—. Bueno, la verdad es que ella lo sabía. Llevaba en el pelo, en los ojos, en el alma, el orgullo de su belleza, sus gestos y su buen humor —contestó Milia.

★★★★★

Pacho se había levantado aquel día muy de madrugada para ir a Soto de Sajambre a comprar una vaca. Había vuelto por la tarde bastante fatigado y se había tendido a descansar en la cama. Pero no tardó mucho en levantarse. Se presentó desperezándose en la *cantina* cuando esta hervía de vecinos, los cuales le acogieron con bullicio. Día y noche siempre el lugar resonaba con cánticos desordenados, disputas y blasfemias, y el mostrador estaba siempre salpicado de vino.

—¿Qué tal? —le preguntó a su amigo—. ¿Hay ánimos para otro vino?

Gabiel se volvió hacia la botella que estaba en frente de él y luego, como instintivamente, dijo que no con la cabeza, tan poblada con sus abundantes rizos. Sin embargo, no era el minero *ome* de darse por vencido tan fácilmente y bebió otro vaso para complacer a su amigo.

—No seas bárbaro, amigo —murmuró el minero entre placentero y grave.

—¡Por Dios y por la Virgen! —imploró Pacho—. ¡Eres un aguafiestas!

Tanto fue lo que bebió que no se tenía en pie. De tal guisa, allí su amigo se lo llevó cargando; sus piernas se balanceaban inertes y lo condujo a su casa.

★★★★★

En el intervalo de unos pocos meses, aumentaban aquellos asaltos contra su persona.

Milia comprendió que era de vital importancia cambiar su actitud para con él, mientras ella era la única víctima. Igual que una loba dispuesta a todo por la supervivencia de sus cachorros, notaba cómo la adrenalina corría por sus venas, empujándole a la acción.

En la cocina estaban las dos hermanas conversando:

—¡Dios mío, no puedo más! —dijo Luisa—. No quiero que mi hermanita arriesgue más su vida y su salud mental. Quiero que vuelva a sentir la alegría de vivir.

Para Luisa, aquel *ome* no era santo de su devoción: —Hermana, te ayudaré a encontrar una solución. ¡Debes escapar de esa prisión, márchate del pueblo! Y anula tu matrimonio urgentemente.

—El que se tiene que ir es él —replicó su hermana a Luisa—, momento en que unas lágrimas saladas brotaron de los bellos ojos de Milia, que se amedrentaba en su interior y sabía con certeza que él no se marcharía. Tendría que marcharse ella. Cada vez le resultaba más difícil soportar la presión.

Sentadas en la mesa de la cocina, las dos hermanas hilvanaban el plan de partida: no regresarían al pueblo hasta Navidad.

«Y tengo que dejar de complacer a mi cuñado y no puedo traerle más vino a escondidas», pensó Luisa para sus adentros. «No le voy a complacer más por mucho que me pida vino a escondidas».

Pero el plan se truncó. Su esposo se acabó enterando del plan que estaban ideando, y Milia se tuvo que quedar en el pueblo a seguir con su calvario.

★★★★★

El sol se arrastraba sobre el bello pueblo. Algunas de las muyeres iban y venían de la plaza de Allá Medio; una, con un vestido floreado, traía una *vatea* en la cabeza llena de agua.

Conversaban sobre el caso Ruiz-Mateos, sobre su prole de *jiyos* y el negocio de Rumasa. Eran tiempos de desarrollismo en España.

Pacho seguía en su línea: se pasaba la vida vigilando las idas y venidas de su esposa.

Un día de tantos, mientras regresaba de unas de las tierras llamadas el Joyo, hiposa y desmejorada:

—Te pasas de lista —mientras lo decía le ardía la frente—. Te lo advierto, no tientes más a la suerte. Es más, si un día me entero de que me engañas, te degollaré y me comeré tu carne como si fueras los gallos que hay en el corral. ¡Todo esto lo digo bien alto por si hay alguien que se tercie en mi camino!

El valle de Sajambre era buena zona de caza, y los cazadores disparaban de derecha a izquierda con escopetas, algunos aún de pistón, con cartuchos muy fuertes. Había uno, entrado en años, que tenía el pelo completamente canoso, con aquel chaleco…

A la mañana siguiente, Gabiel y Pacho ensillaron los caballos y fueron a visitar el ganado a los lindes de Verrunde.

Estaban cansados y se sentaron debajo de un roble a descansar.

En los *praos* era maravilloso ver cómo las vacas iban a la llamada del pastor, ataviadas con sus pantalones de pana y su *jarse* de lana. Las terneras se empeñaban en mamar de sus madres, y los amos de las vacas les acercaban las ubres a las crías.

Pacho salió a la puerta de la cabaña al escuchar los mugidos del ganado, con faz sonriente, y comenzó a examinar las vacas y a charlar animadamente con los dos *rapaces* que las conducían, haciéndoles mil preguntas y encargos. En un momento se reunió allí medio pueblo.

—¡Mira la Pastora, qué gorda viene! —exclamaba un *rapaz*.

—Mira la Torda; ya tiene una cría —decía otro.

—¡Mirad, mirad la Ratina, qué grande se ha puesto! Era una becerra y ya parece una novilla.

—Va a tener un *jatín*.

Todos conocían a las vacas por sus nombres y sabían sus cualidades y sus defectos como si fuesen propias.

—¡No te acerques a la Torda, que es muy traidora!

—¡Veréis, veréis la Garbosa, cómo empieza a hacer de las suyas! Ya le está metiendo los cuernos por el vientre a la Pastora, y el ternero de la Pastora, ¡qué pequeño es!

El pueblo en invierno se dedicaba a trabajar con cestas de madera; realizaban madreñas hechas a mano que usaban los días de diario. Todo el mundo las calzaba, y qué bonito era ver las cestas llenas de verdura y los huevos en la cocina, junto con la leche recién hervida: todo era un primor.

También hacían licor de arándanos, sequillos (pastas de té hechas con manteca de cerdo) y tortas con manteca.

★★★★★

Al día siguiente de hacer algunas madreñas, algunos tenían que madrugar para coger el coche de línea que los llevaría a León para solventar y comprar algunas cosas; así es que tenían que salir luego. Las *rapazas* iban vestidas a la última moda: minifaldas de cuadros, chaquetas de punto, botas altas y blancas, y de complementos lucían bolsos de mano de charol, pendientes de perlas y collares.

Tenían que hacer varios trasbordos por la mala comunicación hasta llegar a la capital, con muchas curvas. Unas paisanas se marearon y llevaban unas bolsas en las manos para poder vomitar.

Una vez en el coche de línea, sacaron el brazo por la ventanilla. El vehículo iba por la carretera devorando a toda prisa, bufando; parecía que se moviesen las montañas y las piedras. Pasaron por el túnel de Oseja y después por un pueblo muy pequeño llamado Retuerto, a la entrada de Riaño, precioso pueblo de montaña. Como hacía frío, del interior del vehículo salía el vaho, que inundaba toda la estancia y las ventanillas.

Aquellas carreteras parecían longanizas llenas de curvas, especialmente al pasar por el puerto el Pontón, pero el coche de línea *devoló* hasta llegar a su destino.

Los *omes* salieron a por leña, cargados de hachas y cuerdas. Uno de ellos cogía el hacha con destreza, asegurándose de su estabilidad cuando cortaba la leña. Eligieron fresno y roble, que eran los más abundantes en la zona y los que más calentaban en la lumbre.

Milia, que en su rostro bello irradiaba tristeza por todas partes.

Su esposo, en cambio, ya había montado en su caballo, que es rápido y relincha con garbo al pasar por los charcos, deseoso de galopar.

Luego, después de ir a por leña, aquel marido, en las cuadras con el ganado, se sentía dichoso, pero al estar parado, cuando sacaban las vacas, se sentía más bienaventurado todavía.

El valle de Sajambre era una zona soleada todo el año, quitando los dos meses de diciembre y enero.

La miró de medio lado, la volvió a mirar luego ya de frente. Le acarició su rostro bello pero ajado.

★★★★★

Milia aquel día se levantó algo más contenta.

Salió cuando apenas comenzaba el día a clarear. En aquel momento se oyó la voz de su madrina, que se asomó ávidamente y la llamó desde el ábside de la ventana:

—Milia, ¿llevas *daque* chaqueta? —Pues a esas horas siempre refrescaba.

Las vacas, al no ser molestadas, pacían pacíficamente. Se movían de un lado hacia otro entre el resto del ganado, mientras algunas descansaban. Percibieron el sonido de algún cencerro.

Caminaban con su vecina Malia. Pasaban los minutos. No hablaban; miraban y contemplaban la belleza del valle de Sajambre. El murmullo de los rumiantes era muy relajante. El sol brillaba. Nunca se había preguntado por qué era tan bonito el pueblo de Pío de Sajambre. Era sabedora de sobra de todo lo misericordioso que escondía.

A tiempo que Gabiel entraba en la cocina, su esposa estaba acurrucada junto al pote de *vainas*, al que solo pudo él distinguir un momento.

Con greñas ya algo blancas —pues las canas a aquella *muyer* le habían hecho una mala pasada en las sienes, y estas eran rudas como cerro y le caían sobre los ojos— estaba rojiza al reflejo de la lumbre. No bien advirtió que venía gente a su casa, la *muyer* se levantó más aprisa de lo que permitían sus piernas y su desparpajo, y, murmurando con voz quejumbrosa y humilde, comió un par de *sequillos*.

Al día siguiente, muy de mañana, era primavera. La gente se levantó para preparar el desayuno… Se dirigió con el ganado más joven hacia Verrunde, una de las montañas más famosas de los picos leoneses. Repartían el ganado por los siguientes lugares del puerto, como solía ser: la Majada, la Puente, la Cruceta, la Baralla y Julluvil.

También llevaban en verano el ganado a los siguientes puertos: Gian, Llaete, Baldemagan y Pazua.

Las impresiones que tuvo Milia de Pío fueron algo oscuras, y lloró muchas noches pensando por qué había dejado en Oseja a sus padres y a los novios que la habían intentado conquistar, por aquel presente tan oscuro que se avecinaba.

Pasaron los días y con ellos los meses…

Una mañana, como de sorpresa, llegó el verano…

El tiempo era bueno y tranquilo. Había dejado tanto de llover. Los pájaros gorjeaban entre ellos una torva, y de los pueblos vecinos llegaba el zumbido hermoso, anunciando que todo estaba vivo; había enjambres que se cogían con delicadeza en *truévanos* (son colmenas hechas en troncos huecos de árboles). Luego las abejas hacían rica miel; era la mejor miel de León, la de la zona de Sajambre.

★★★★★

Era principios de mayo; acababan de sembrar las patatas, una vez estaba bien preparada la tierra.

Una bandada de pájaros inició el vuelo, y como un disparo retumbó en el aire estival con alegría y estrépito.

Se escondieron en los añosos y altísimos tilos, pero cuando se echó la *beyada* en el pueblo, empezó a soplar el intempestivo y frío viento del este. Las muyeres tuvieron que ponerse sus chaquetas de punto. En los picos, los charcos se descubrieron del poco hielo que quedaba en las alturas, y los bosques adquirieron un aspecto apacible. Olía a estío.

Al ser puro verano, había muchas moscas y mosquitos; la verdad es que los insectos llegaban a molestar, y los *rapaces* los cazaban al pleno vuelo. Entre ellos había un *rapaz* que tenía un ojo mal corregido, que se le había quedado vago y miraba atravesado.

Se apartaron un momento jugando con el perro, un pastor alemán.

Venían muchos turistas que pasaban muchas horas y kilómetros bajo el sol, todo por ver el encanto de los pueblos. Había dos tramos de la senda del Arcediano en Sajambre. La etapa era de dificultad media e iba por terreno de montaña, en Soto de Sajambre, hasta la localidad asturiana de Amieva.

★★★★★

Gabiel dijo —haciendo ademán de chuparse los dedos—:

—¡Qué caza y qué licores tan bien preparados tienes! ¿Ostia, joder? ¿Qué hora es ya?

Eran las tres de la madrugada del domingo y Gabiel tenía que ir de caza junto con Pacho.

Cuando llegó la hora, se encaminaron por un sendero, allí, por unos *praos* florecidos. Gabiel tenía los dedos estropeados de trabajar en la mina toda su vida y la cara ajada. Le parecía que ese calorcito repentino que había en el ambiente quebraba el orden y la armonía, que la propia naturaleza sentía miedo. A su alrededor todo parecía el paraíso. ¡Todo era tan bello!

Ya bosque abajo, quitó él la funda donde guardaba la escopeta.

4

Milia, una tarde, comunicó a su marido que iban a ser padres. Se abrazaron muy contentos. Su deseo de ser padres era muy ferviente. El embarazo de Milia transcurrió con normalidad y no se produjeron ni las conocidas náuseas de los primeros tres meses.

Desde que la *rapaza* se quedó en estado, ya se había atrevido a buscarle nombres. Ya sentía las pataditas del bebé. Su esposo no cesaba de repetirle:

—Si es niña se llamará como tú, pero llevará nombre compuesto, María Jesús, como su madre; y si es niño, como su padre. —Ella le decía que sí con un leve movimiento de cabeza.

Se sujetaba los riñones aferrándose con ambas manos. Aunque de una manera u otra se sentía feliz estando en cinta, aquella mañana se había levantado y había soñado con el río Sella, el que atravesaba todo el valle.

Había soñado que estaba sola amamantando a un bebé y avanzaba por los *praos*, por la fresca *yerba*, sin arrancar nada. Como decían que soñar con eso traía suerte, estaba pletórica.

Ella misma se había encargado de vestir una mesa camilla que había en una esquina del comedor, mientras en la radio escuchaba el programa de Elena Francis. Se había quedado absorta escuchando hasta las cuñas publicitarias.

La *muyer* estaba muy nerviosa esperando a su marido. Le resbaló la fuente de loza en el fregadero y se le hizo añicos.

Se volvió bruscamente. Le miró centelleante.

—Quiero… encontrarte aquí a mi regreso. —Y con voz que sonó como un trueno en los oídos de la pobre *muyer*—: Eres —dijo— como el más duro hierro que he conocido en mi vida. —Aquellas palabras que salieron por su boca la impresionaron. Milia rezaría para que no sucediera nada.

Nació tal y como se recordaba que habían nacido desde siempre los niños de su propia familia, con la única excepción de su mejilla: grande, encarnada y con buena cabellera oscura y abundante.

El aire, oxigenado y renegador, penetraba en los pulmones de María Jesús cuando la sacaba a pasear.

El valle ascendía en la suave pendiente, extendiéndose ante los picos de Europa en toda la lozanía de su hermosa ladera, y las montañas eran tan bellas como escondidas. Había castañares, campos de maíz granados o ya segados, y escalonaban robles llenos de musgo. Todo se asimilaba a una verde alfombra con cenefas amarillentas, en cuyo centro se engendraba la luna como un gran espejo, por el valle de Sajambre.

Milia, que solía levantarse temprano, aún no había amanecido cuando vio cómo apareció su suegra, una *muyer* corpulenta, alumbrando con un candil.

Ayudaba a su suegra a poner la mesa y después disfrutaban de la mantequilla fresca y la cremosa leche de las vacas que ellos mismos tenían.

Una de ellas, que andaba en celo (*andaba tora*), la llevaron a aparear. El toro se encargó rápidamente de cortejar a la vaca, oliéndola y lamiéndola; todo esto sucedió muy rápido. Como no quedó preñada la primera vez, repitieron el proceso.

★★★★★

Milia se puso de parto. La casa se llenó de *muyeres* para ayudar en el parto.

Pasaron unas horas. Su marido llegó algo ebrio, como tantas veces. Escuchó aquellos pasos de las *muyeres* que tanto tenía memorizados en su cabeza, caminando por el estrecho pasillo.

Milia casi no tuvo tiempo ni de respirar; se cepilló su largo cabello y se tumbó en la cama.

Era una *muyer* fuerte y, aun desde la cama, sabía tirar de su resorte. Una sonrisa casi imperceptible salió de la cara de su suegra. Ella sonrió con una amargura oculta que se notaba en la manera de crispar sus labios.

No muy lejos, sentado en un *tallo*, su marido fumaba un cigarro con mucho estilo, dejando estelas de humo en cada calada.

—Los lobos no cesan de emitir aullidos.

—Tienen que ser lobos, no perros —se decían.

—Vaya, *ome*, que lo son.

Las ventanas donde estaban daban a la falda de una colina cargada de arboledas llenas de picos. Afuera rugía un viento salitroso, como si viniera del Canto de la Tabla, unos picos muy altos que había allí a lo lejos. El mar no estaba muy lejos.

Llovía torrencialmente aquella noche. Ella pensó: «el ganado estará refugiado bajo los añosos árboles del monte». Esto le dio tranquilidad para calmarse un poquito.

—Escucha, Milia, ahora voy a subirte el camisón y mirar ahí abajo.

En cuanto el parto estaba tan avanzado que la madrina dijo, asombrada:

—El bebé ya se está asomando, la cabecita…

Milia sacudió la cabeza.

—Lo habría notado.

Milia sufrió una nueva contracción. Recordó que la suegra le había dicho que para alumbrar había que empujar, así que lo intentó y gimió de dolor. Miró nerviosa a su alrededor.

—Puede ser que ahora…

La siguiente contracción no la dejó terminar de hablar. Milia dobló las piernas.

—Es mejor si te pones de rodillas —señaló la madrina con la boca llena de ira. Salió un momento al pasillo y entró con un plato de *sequillos*, redondeados como los brazos de una *rapaza* de dieciocho años.

Su suegra y su madrina animaron a Milia, que gemía y protestaba, a empujar, antes de derrumbarse a causa del siguiente dolor.

Su madrina le levantó el camisón, mientras se arrodillaba, y vio algo gelatinoso y muy húmedo entre las piernas de la parturienta.

—Milia, ¡ya llega, ya llega! ¿Qué he de hacer ahora, madrina? Si ahora se cae, se caerá en el suelo.

—No se cae tan deprisa —contestó la madrina, llevándose a la boca otro trozo de un *sequillo*—. ¡Hum, está muy bueno! Qué bueno es comer cuando un bebé llega al mundo.

No tuvo tiempo para seguir comentando. Milia dio un fuerte chillido y, al instante, lo que había visto su madrina se convirtió en una cabeza de bebé avanzando hacia el exterior. Buscó, atrevida, la cabecita y tiró, mientras Milia jadeaba y gritaba a causa del dolor. Expulsó la cabeza del bebé; tiró de ella, la madrina vio los hombros… y ahí estaba el bebé, y la madrina vio su carita arrugada, sonrosada y húmeda.

—Ahora a cortar el cordón —indicó la cándida *muyer* tranquilamente—. Hay que cortar el cordón. La niña es guapa.

—¿Será niño? —preguntó Milia.

—¡No, es una niña bien guapa! —Milia gimió e intentó erguirse.

—¿De verdad? —preguntó.

—Eso parece… —se pronunció su madrina, que hacía las funciones de partera.

La madrina cogió unas tijeras que había dejado preparadas y cortó el cordón umbilical.

—Ahora tiene que respirar.

La niña no solo respiró, sino que inmediatamente se puso a llorar.

Malia fue la madrina de la criatura.

Al día siguiente, la madre de la criatura, que recién había venido al mundo, bebía alguna cerveza que otra. Decían que era buena para aumentar la subida de leche a los pechos.

Los vecinos no cesaron de ir a darles las nuevas con preciosas dádivas, gustosamente.

Así que Malia y Milia se convirtieron en comadres y se pasaban muchas horas hablando. Su marido le decía que el mes de junio se quedaría pequeño para contarse todas las cosas que se tenían que decir.

—¡Parece que está bien y muy guapa! —decían las vecinas.

—Qué bien —expuso Milia con fervor.

Se la colocaron a la madre en el pecho y la *muyer*, encantada, la reconoció como si aún no hubiera salido de su cuerpo. Se veía tan sana y en su piel tan aterciopelada…

★★★★★

Su *muyer* lucía un mandil floreado de hule y, con su cuerpo y las mantas, protegía al bebé. Aun mucho tiempo después del parto, seguía amamantando a la *rapaza*; a pesar de lo grande que era, solía cogerla mucho tiempo en sus brazos. No le *gustaba* dejarla mucho tiempo en el canastro; le cambiaba los paños, dejaba a la niña con su suegra y los iba a lavar a la fuente.

Su *jiya*, María Jesús, hundió la cabecita morena sobre el pecho de su madre, sollozando sin cesar. Era un llanto copioso: le dolía el culito porque le estaban saliendo los dientes y tenía el culito lacerado. Su madre le espolvoreó polvos de talco Ausonia.

Introdujo sus deditos en su boca y los humedeció con los marfileños dientes. La niña se quedó dormida como un lirio o una azucena de cantor.

Y, como pasa un suspiro, pasaron los meses…

La *muyer* retiró los restos de la papilla que su *jiya* tenía preparados en las comisuras de la boca, mientras le decía: «por papi y mami, por los tíos, por el *ome* del saco», y así le iba mencionando los nombres de sus familiares y cercanos, y así la *rapaza* los tragaba. La *muyer* era muy nerviosa, esperando a su marido.

Milia, con la criatura en la mano, salió de la cocina donde acababan de cenar.

Su marido estaba rabiado y le decía a su *muyer*:

—Menuda desgracia nos ha tocado.

—¿Qué pasa, *ome*? —preguntó ella, muy triste.

—Una *rapaza*. Has parido una *rapaza* que no nos va a echar una mano en los *praos*, en la *yerba*, y menos con la leña.

—Pero sabrá limpiar, coser, cocinar y plánchate las camisas —contestó con orgullo su *muyer*.

Él quería un *rapaz*; tienen más fuerza y son más veloces.

—Hay que dar gracias a Dios por lo que nos ha tocado, y yo quiero a María Jesús con locura.

En ese preciso instante, la *rapaza* comenzó a llorar.

—Ni siquiera eres capaz de saber por qué llora tu *jiya* —farfulló él.

Definitivamente, no había cambiado. La madre intentó tranquilizar a su pequeña cogiéndola en su regazo, pero seguía llorando.

El *ome* doblegó sus pensamientos y agitó aún más su cuerpo mientras caminaba.

Se hubiese muerto allí mismo, pero se mantuvo firme, muy sentada, con las dos manos heladas, más heladas ahora, cruzadas en la falda, una apretada contra otra, con mucha fuerza.

La parturienta, después del parto, pidió a su suegra cenar *vainas* con chorizo y tortilla de patata.

Le dijo con voz áspera y de muy sala saña:

—Acabaste de dar luz, o parir, como quieras llamarlo —le dijo su suegra—. ¿Cómo demonios se diga y ya quieres cenar? Eres un odre en persona.

¡Válgase Dios de los cielos, válgase la madre mía! Tomarás una manzanilla cogida del campo, que está bien seca, y punto. Mañana estarás a caldos de gallina y bastantes huevos para que te den fuerza para criar a la criatura que acabas de traer al mundo. Para eso has traído una preciosidad al mundo, para cuidarte.

Milia jamás pensó que su suegra se vanagloriara de su *jiya*.

—Hoy tienes fiebre. Mañana será otro día.

Refunfuñó y se arrebujó al lado del bebé, espolvoreándole el culito con polvos de talco Ausonia.

Las *muyeres* del pueblo le fueron a hacer dádivas con todo tipo de alimentos: vino Sansón, mosto, galletas, melocotones en almíbar y mucha miel de la cosecha del pueblo, que la recién parida desayunaba y merendaba con tostadas de pan de hogaza.

Ella cuidaba del bebé, lo vestía, lo bañaba, le echaba colonia Calvero, que olía tan bien, y velaba su sueñecito, además de entretenerlo cuando estaba despierto. Ya estaba grandullona: tenía más de un año. María Jesús estaba para comérsela; con sus primeras gracias, su madre la colmaba de carantoñas.

★★★★★

Estaban en un prado. Milia casi se muere allí mismo, pero se mantuvo firme, muy sensata, con las manos cruzadas en el regazo sobre la falda, más heladas ahora que nunca, una apretada contra la otra, con mucha fuerza.

Caminaba presurosa, metiendo los pies en la *yerba*, apretando las manos hasta dolerle, apretando los ojos para evitar que las lágrimas acudieran a ellos.

—Me seguirás amando, creo yo —apuntó él, impaciente.

—No. Yo amaba a un *ome* honrado y bueno. Nunca podría amar a un monstruo —contestó ella—. No más ofensas. No más mezquindades.

—Querida, escucha. —Le agarró por los brazos con ansiedad—. Escucha, querida.

—Déjame —le dijo. En su voz había inseguridad; sus ojos denotaban una dura experiencia de la vida.

★★★★★

Arrea el caballo, tira la vara de avellano que había machacado entre los dientes y, con una mano roja de sangre, se desabrocha los botones de la camisa empapada. Aparece una teta redonda y blanca; es como la luna llena, poco acostumbrada a la luz del sol, y el llanto del bebé cesa como por ensalmo.

Si hay algo que esta *muyer* sabe hacer es saciar el hambre ajena. Podría alimentar a una humanidad entera con la savia de sus entrañas.

La niña, por su parte, tampoco necesita muchas succiones para saciarse. Diminuta entre esos pechos, mama sin dificultad, con la naturalidad de un bostezo. Poco a poco se le van cerrando los ojos, que traía bien abiertos, y, acunada por el movimiento del caballo, se quedó dormida, inconsciente, envuelta en los olores que van alimentando su memoria: el sudor, la leche, la sangre y el cuerpo de la *muyer*.

★★★★★

Unos años después…

En la cocina, la *güela* y la nieta altercaban:

—¡Cállate, *rapaza*! —le rebatía Pacho—. Quizás la *güela*, con sus principios y costumbres de la vida de Sajambre, te ayude a encauzar tu vida.

—¿Qué vida?

—La tuya, que es como la nuestra.

—Anda, papá, la tengo encauzada. —Masticaba un chicle mientras lo decía, y la *güela*, escuchando nerviosa, zurcía los *calcetos*.

—No pienso hacer más de lo que hago. Paso de la vida y de todo en general. Quiero ir a León a estudiar, déjame, quiero relajarme, hostias…

—¡Ay! Esta vieja me está dando un pescozón.

—El pescozón te lo voy a dar yo —le dijo su madre.

La *güela* se levantó, dejó de hacer calceta y bajó al huerto. Muy a su pesar, tenía que reconocer que estaba enojada porque le había llamado vieja.

La verdad es que estaba en el ocaso de su vida. Era muy quejica y se pasaba el día encamada, diciendo:

—La muerte me está esperando. Ay, Señor, llévame pronto, que estoy esperando mi hora. Estoy sentada a la derecha del Señor.

A la madre y a la niña se les estaba agotando la lectura y leían y releían la revista y el calendario *El Pan de los Pobres*, y el calendario *El Taco*, de pared, que traía la fecha actual y el santo del día.

★★★★★

No había *ome* en el pueblo que no le tirara miradas, haciéndole chiribitas a los ojos, la comían de deseo, haciéndoles los ojos chiribitas.

Un día, desde el acantilado, un *ome* tosió muy fuerte; el sonido de las escopetas se sentía, y la luna era un regalo que brillaba.

Se veía una cara subiéndose para todos lados detrás de lo que parecía ser un finísimo cristal.

Entrado el otoño…

Las manchas oscuras y espesas de los frondosos bosques se llenaban de hojas de castaños; se vestían de hojas pardo-amarillentas.

También era cuando se iniciaba el celo de las hembras. Por la noche, la bóveda del firmamento iba llenándose de estrellas. Al rayar el alba, los vecinos se levantaban y acudían a los *praos* de Verrunce; desde ellos, acudían a la carretera.

Al día siguiente, muy de mañana, las *muyeres* se levantaron para preparar el desayuno.

Pacho había tardado mucho en conciliar el sueño y se encontraba reventado. Le dijo a su *muyer* que le preparase un café bien cargado y le diese un optalidón, pues le estallaba la cabeza, y todo por aquella malhadada carta que había llegado del juzgado, que no era capaz de entender y que llevaría a la maestra del pueblo.

Su esposa renegaba de su marido y le culpaba de la maldita carta desde el día en que llegó el cartero con ella. Le miraba con una necia sonrisa, como de odio.

Había subido la escalera y entrado en su cuarto. Se había desnudado y se había puesto el pijama de franela bien gordo. Bostezó con un gran movimiento de mandíbula, abriendo mucho la boca.

Se sentía doliente, infeliz. Aquellas palabras malditas que su marido le decía diariamente la sacaban de quicio…

Se sentía indolentemente infeliz. Aquellas palabras venales le irritaban, sacándole de quicio.

★★★★★

Pacho espoleó y acarició su caballo, y se encaminó a trote largo hasta los picos más altos de Verrunde, desde donde divisaba todo. Pacho, ante todo, iba a ver el ganado, levantando el polvo del camino. Los campos se oteaban bien arados, dispuestos para ser cultivados; hacía muy buen tiempo.

Cuando regresó, ató el rocín al establo y se fue a su casa; parecía estar de mejor ánimo.

★★★★★

En la *cantina*, la cantinera regresó corriendo, con la bata que llevaba puesta, acolchada, tan de moda, medio descosida y arrastrando, y unos minutos después, con la bandeja llena de embutido. La verdad era que no paraba, con el trapo de limpiar la barra, ora para aquí, ora para allá. Aquel no era un trabajo muy rudo, pero tenía que manipular a los clientes mentalmente para venderles.

Las *muyeres* en los pueblos casi no tenían ni tiempo para ellas; después de hacer los quehaceres de la casa, iban a trabajar a las tierras y los *praos* junto con sus maridos, *rapazas* o hermanos. De ellas dependían para todo, desde atender las fincas hasta el ganado.

Los grillos cantaban y los perros ladraban; se distinguían las esquilas de las vacas.

Malia dormía como un tronco. Apartó la manta de su cuerpo y, por fin, despertó. En la madrugada los gallos cantaron; mientras se aseaba, pensaba sobre la vida. Se sentía como un fantasma.

Malia, atrás, no descubría ningún instante de enardecimiento ni de felicidad en su vida, a la que tiene derecho sobre su vida.

Malia estaba en el patio, que es grande; su esposo ya había salido a trabajar a la mina para ganar un buen sustento. Sobre los altos muros, ella entreveía las estrellas. La noche era grande y oscura, que apenas se adivinaban las estrellas. La escasa luz de la luna se escondía, y lo transfiguraba todo. Malia, de improviso, guardó silencio, embargada por un hondo respeto, con su corazón junto con su alma.

Al día siguiente, miró con sorpresa a un *rapaz* que iba con un precioso cachorro.

★★★★★

A una corta distancia del pueblo de Ribota se abría, como una boca estrecha entre enormes rocas, la garganta del desfiladero de los Beyos, una carretera con muchas curvas y peligrosa.

Habían ido unos excursionistas a Oseja de Sajambre…

Después de un tiempo se escuchaban sonidos de cencerros de vacas; en aquel coche descendieron a buen paso. Les contaron la verdadera historia de la carretera del Sella: se terminó sobre la parte de Oviedo hace unos años; hacía unos años que se trabajaba en ella. Están en su puesto desde el día de la apertura, lo cual es una manera de conversar, pues hasta ahora nadie ha pasado más que los transeúntes y las caballerías… Mientras tanto, las tierras de sostenimiento se derrumban y los escasos viajeros pasan bastante miedo, aunque no suele suceder nada.

Todos se quedaron con la boca abierta.

La hermana de Milia, Luisa, por el contrario, se había criado en Pío de Sajambre hasta que murió su madre; por aquella época tenía unos quince años. Entonces Luisa *devoló* a servir a casa de una familia de ricos en León, donde ganaba bien como sirvienta en una casa de señores.

De allí venía precisamente aquella mañana, con la niña de los señores que se habían ido de viaje a París; viajaban en un carro de *yerba* conducido por uno de sus primos.

Lucía estaba obsesionada con la belleza: no comía más que berzas y metía sus bellas manos enjoyadas, con aquellas uñas largas, bien pintadas y nacaradas, en el frasco de crema Nivea, y se lo daba por todo el rostro, cuello y manos. Así unas cuantas veces al día.

Es más, casi todas las *muyeres* estaban a dieta por los cuerpos que veían en la tele y en las revistas. Se querían ver tísicas. La cultura de la belleza femenina, la delgadez y el fracaso crónico de las amas de casa para estar delgadas lo marcaba todo.

★★★★★

Salían por Hazallanas en dirección al Hueles. Las cabras se abalanzaron sobre los cerezos.

Pacho afina la puntería para mantenerlas alejadas de los árboles. Casi las mata; ¡qué loco estaba! Un ruido seco sonó estrepitosamente: una piedra que encuentra los costillares.

La voz de su *muyer*, firme pero suave, sin gritos ni aspavientos. Los animales vuelven la cabeza y no solo le obedecen; se diría incluso que le entienden. El *ome*, abatido por esta habilidad de su *muyer*, que no sabe de dónde ha sacado, deja caer las piedras al suelo y confía a la *muyer* el cuidado del rebaño.

—Pero ¿cómo puede ser que mi marido quiera ser pastor de tantas cabras? ¡Qué atrevimiento! —Su ilusión era engordarlas y algún día seguir cosechando, rodeado de patatas y berzas, para comer un delicioso plato familiar.

Pero sabe que no es un *ome* cualquiera. No tiene estabilidad, es muy valiente y muy tenaz, eso sí. Así que había decidido seguir dedicado a cuidar las vacas.

★★★★★

Pacho se acercó al hogar y aspiró el aroma de las *vainas* y berzas con chorizo que se estaban haciendo en la tartera baja, de color rojo, en la cocina de leña.

Milia sentía que habían mancillado con dureza su débil corazón. Sentada en el *escaño* de madera color natural, comía hambrienta, devorando la carne del sabroso cabrito guisado.

Mientras su esposa se calentaba las manos, venía aterido del *prao*. Su marido la siguió por la cocina como si fuera una cuerda que arara la tela. Por fin se sentaron al lado de la lumbre que había debajo de la *trébede* y con hogaza de pan bien horneada, pues habían amasado aquel día, cenaron como dos curas. Su *muyer* esparció las cenizas con el gancho de hierro y su atuendo quedó negro como el carbón.

Pusieron la radio; hablaban de que Franco iba a morir… Por aquellos tiempos y aquellos lares no se hablaba de otra cosa.

A la mañana siguiente, cuando despertó, no recordaba nada de lo que había soñado y no comprendió lo que vio a su alrededor. Se restregó enérgicamente los ojos; entonces volvió a mirar y vio las mismas cosas que había visto antes. Entonces, de pronto, recordó que estaba en Pío de Sajambre; vio todas las cartas con letra de pendolista en un cesto hecho de madera que su esposo le escribió estando soltera.

—Las cartas eran maravillosas —reconoció, sin poder evitar que una sonrisa se esbozara en sus labios.

Volvió a leerlas una a una todas las noches. Milia tenía lágrimas en los ojos al terminar de leerlas. ¡Qué maravillosamente escribía ese *ome*! ¡Con qué precisión expresaba lo que a Milia le gustaba escuchar!

★★★★★

El cálido sol y el viento que se oía mugir en los árboles pronto se llevaría la nieve, y el sol entonces haría florecer otra vez las florecillas blancas y amarillas. Volverían los hermosos días del patinaje. ¡Cuánto le gustaba a ella patinar sobre un plástico! Había transcurrido el invierno, luego un verano, y pasaba una estación; llegaba el invierno tocando a su fin.

Aquel año, el invierno había sido más gélido de lo normal. Luego llegó la primavera.

Milia era la misma de siempre, infeliz y descontenta, como los pajaritos; cada día esperaba feliz la llegada de la próxima primavera. El cálido sonido que se oía mugir en los árboles pronto se llevaría la nieve y el sol.

El sol de principios de marzo había fundido la nieve en las vertientes de la montaña. La nieve de las montañas buscaba los ríos. Y por algunas partes aparecían las primeras florecillas. En el valle y más arriba, los árboles habían por fin sacudido su pesada carga de nieve, y sus ramas volvían a moverse alegremente con el viento.

María Jesús, su *jiya*, estaba tan contenta que no podía estarse quieta y corría de la casa a los *praos*, y luego regresaba para contar a sus padres cómo la alfombra verde debajo de los árboles se había extendido, y en seguida volvía para mirar otra vez lo mismo, tanta era la impaciencia que sentía por ver llegar el verano con sus verdes *praos* y sus flores multicolores. Muchas veces Pacho dormía la siesta debajo de un tilo, arrullado por el «glu-glu» de un riachuelo que pasaba por debajo de su casa.

Una mañana llegó una furgoneta con procedencia de Cangas de Onís, con su megáfono resonando por todo el pueblo: «Costa Verte les ofrece sin pausa y sin prisa los mejores precios». Venía cargada de vestidos, mandiles, retales, ropa de cama y un largo etcétera. Las *muyeres* se pusieron como locas y lo compraron casi todo a precio de ganga.

En la tierra del Joyo, las *vainas* (alubias verdes) lucían bien floridas, *espetadas* (introducidas) en sus palos.

Una hermosa mañana del mes de marzo, los terneros, después de salir y entrar por décima vez por la puerta del establo, seguían por todas partes como perritos, bramando de alegría cuando oían la voz de su amo. El sol de marzo había fundido la nieve en las vertientes de la montaña y por todas partes aparecieron las primeras florecillas. En el valle y más arriba, los árboles habían por fin sacudido su pesada carga de nieve, y sus ramas volvían a moverse alegremente con el viento. La alfombra verde debajo de los árboles se había extendido, y en seguida volvía para mirar, tanta era la impaciencia que sentía por ver llegar el verano con sus verdes *praos* y sus flores multicolores.

Dicen que las familias felices son todas iguales. Pero ella decía que era incierto: cada familia es una historia para sentirse desdichada. Aquella familia no tenía sentido. Podría decirse que esa familia no se sentiría más unida incluso viviendo en un hotel que en aquella casa. Milia no salía del cuarto. Observó desde la ventana que un hilo de luz filtraba por la ventana del cuarto.

Su *jiya* era sabedora de lo que ocurría, pues ya era una *rapaza* bien criada y sabía de lo que pasaba en la casa. Su padre se puso a liar un cigarro después de la comida y se tomó un orujo. Se quedaba tan relajado, con aquella bruma embriagadora que le llegaba al encéfalo…

María Jesús, que era tan guapa y sensible, lo sufría todo, lo escuchaba todo entre aquellos tabiques tan finos de madera. De pelo negro, largo y ondulado, cuyos rizos se amoldaban con la lluvia. De guapos ojos de gitana, tan negros como el carbón, su boca roja escarlata con la fila de dientes perfectamente alineados, y sus carnes prietas que le hacían lucir tan bien la ropa. Siempre reía las gracias que decía su padre.

—Es horrible lo corta que va vestida —comentó su padre—, al verla con una minifalda y un *jarse* de cuello redondo color rojo, y una diadema en el pelo. La verdad es que la *rapaza* iba guapísima.

—No te enojes así con ella, no le guardes rencor —terció su esposa.

—Van todas así —intervino su madre.

En casi todas las casas tenían, para subir por las escaleras al piso de arriba y al desván, una barandilla para poder sujetarse, hecha de madera tallada. Esta era una preciosidad. A María Jesús le encantaba deslizarse por ella cuando no la veían sus padres; parecía una trucha de esta guisa. Aún sacaba más a su padre de quicio cuando se embriagaba y la veía.

★★★★★

Aquel *ome*, inmensamente trabajador, con todo su camino abierto hacia el éxito en el pueblo, parecía no conocer límites; se comportaba como la juventud de los años sesenta.

★★★★★

Milia se levantaba nada más apuntar el sol y hacía todas las tareas en un santiamén.

Aquel día era una mañana apacible, un día tranquilo. Todo apuntaba a que iba a hacer mucho calor.

Las dos *muyeres* fueron a comprar; les dieron la medida a las dos de harina. La *muyer* que la vendía tenía los dientes picados, que destacaban con la claridad de la luz que entraba por la ventana.

Milia regresó a su casa. Hizo sonar el cincel de la puerta y entonces fue su esposo quien le abrió, y no cesó de torturarla con preguntas.

★★★★★

Después del desayuno, la *güela* de la casa se lavó el cabello escaso en la palangana; experimentó un gran alivio, pues ya le picaba la cabeza por la falta que le hacía un buen lavado. A continuación, la *muyer* orinó en el orinal y lo vació por la ventana.

Pacho miró el reloj: la esfera luminosa marcaba la una y media. Las noticias llegaban desde el NO-DO. La gente hace verdaderas barbaridades sin pensar detenidamente. Cada vez hay más delincuencia y drogas —dijo la *muyer*.

—Lo importante es que guarden respeto en nuestros hogares —contestó un *ome*.

Llegó el mes de mayo, y con el día de San Isidro, el labrador, como decía el refrán, traía la lluvia y quitaba el sol. Llovía mucho; se formó una tormenta eléctrica y una ráfaga de viento inundó todo el valle. Había llovido tanto que casi hasta las paredes de las cuadras estaban húmedas.

—*Ome*, pero bueno, sin lluvia la *yerba* no medra —dijo un vecino—. El clima húmedo de la zona era ideal para la cría de vacas, y ella ya estaba acostumbrada a él.

Los arados quedaban bien preparados. Y, sin embargo, aseguraban que no había por qué preocuparse. Dejaban a los animales invadir el trigo porque ningún vecino quería ser vigilante. Y cuando una vez, a pesar de sus órdenes en contra, los vecinos vigilaban por turno, su esposa, que había trabajado todo el día, se quedó a hacer guardia, se durmió y luego pidió perdón por su gran falta.

A últimos de mayo, una vez la tierra estaba bien arada y preparada, sin rastros de *moruxa*, sembraron unas patatas, con cebollas, ajos, tomates y *frejoles*, que más tarde les *espetaban*.

Las patatas las iban echando en *surcos*. Como la gran mayoría de las tierras eran empinadas, «terraban las tierras», sacando la tierra de abajo para arriba en cestos de madera. Aquellas tierras eran fértiles, verdes, y había buenos *praos* con sombra, que se encogían con las sombras de las arboledas; había kilómetros y kilómetros de unas duraciones y ya muy cerca el mar Cantábrico.

La suegra de Milia, que era muy viva, había preparado purín de ortigas, que se preparaba mezclando un kilo de ortigas por diez litros de agua y se dejaba macerar a la sombra. Luego, después, se pulverizaba esta mezcla en las plantas o en la siembra y mataba todo lo malo, hasta las cucarachas en las patatas.

★★★★★

Todas las familiares, especialmente en el comedor, guardaban fotografías en latas vacías de galletas, que también las convertían en cajas de costura.

Llegó el primer coche a Pío, de la marca Mercedes, último modelo. El coche corría más que cien caballos juntos. Era un coche con motor alucinante y venía con los asientos de cuero y un tocadiscos de ensueño. El dueño era un orondo indiano, que casi no se podía mover de lo obeso que estaba; había ido a trabajar a Cuba y había venido de vacaciones al pueblo forrado de dinero, y todas las *muyeres* estaban locas con él.

El coche *devolaba*, como un demonio, por la carretera empinada. El piloto, llamado José, sacó su brazo velludo por la ventanilla bajada para refrescarse del calor, dejando una estela de polvo por la carretera de piedras.

Era un coche de color cris. La verdad, era bonito de narices y, para más tipo de detalles, tenía un casete con unas cosas que se llamaban cintas, desde donde salían melodías de distintos autores, de lo más conocidos.

Solo les faltaba montar un guateque allí dentro del vehículo, porque daban ganas de bailar. Un grupo de chavales se metió dentro y no hacía nada de frío; todo era de calidad, cerrado a cal y canto. Tenía hasta aparato de radio.

★★★★★

Y a unos kilómetros, en Oseja de Sajambre, bajaron del carro aquella caja de madera, y cuando se subieron al tejado colocaron un armatoste como para espantar a los buitres. La enchufaron, y un vecino le dijo al otro: «Aprieta el botón». Como el otro era tan tonto, echó mano al pantalón, y todos los demás se echaron a reír. El pobre *ome* lo insultó todo lo que pudo y más, con todo tipo de vejaciones.

★★★★★

Junto al río brillaba una luz; hasta donde estaba todo el pueblo, todo estaba sumido en la cálida mañana estrellada.

María Jesús, junto con su madre, estaba en la cocina preparando el desayuno. Le sobró bastante pan de hogaza y lo guardó en la alacena, detrás de la cortina. Recordó que, cuando salió de casa, su padre calzaba madreñas. Sentada en el *escaño*, tejía un *jarse* de lana, y su *agüela* estaba sentada junto a la lumbre, también cerca del *escaño*.

Al ser Viernes Santo, tiempo de cuaresma, en su casa no harían de comer nada de carne. El día anterior había preparado unas tiernas berzas cogidas del huerto; le quedaron muy sabrosas porque, como decían allí las *muyeres*, «había que removerlas mucho para que quedaran bien sabrosas». Los *omes* sentían un hambre atroz; también habían preparado sopas de leche.

5

Aquella línea imaginaria que rodeaba todo el valle de Sajambre amaneció cubierta de nieve. Los *rapaces* lo celebraban de una manera muy divertida, tirándose bolas de nieve. Milia se iba abriendo camino para poder caminar, apartando las zarzas del sendero. Todos llevaban botas altas de goma, mientras el resto se acostumbraba a poder caminar sobre las *huelgas*. Las montañas estaban sedadas por las bajas temperaturas.

Pacho, en su casa, miró el reloj. ¡La esfera luminosa cuadrada marcaba las cinco y media!

«¡Qué lento pasa el tiempo, Dios mío!» —exclamó—. «El cuerpo humano produce verdadera certitud cuando no está bien mentalmente», añadió su madre mientras miraba por la ventana.

Vio cómo los *rapaces* se lanzaban por la ladera cuesta abajo con plásticos. Miraban el suelo y no había más rastro que el de sus propias *huelgas*, que iban dejando. Se convertían en meros espectadores. Una vecina dijo:

—Todo el mundo tiene que tener pueblo; si no, ¡qué pena lo que se pierde! —lo dijo con alegría y firmeza.

Los *omes* cuidaban y cebaban al ganado, dándole *yerba* seca y sacándole a beber a las fluidas fuentes. Llevaron las mejores terneras a pastar a los *praos*.

Los *surcos* que salían de los *praos* y las tierras donde pastaban las vacas se confundían con sus sombras.

La miró de medio lado; la volvió a mirar luego, ya de frente.

Le acarició su bello rostro, pero ajado, con sus dedos quebradizos, que mostraban sus manos desnudas por la delgadez y el paso de los años.

Si aquel *ome* sufriera la mitad de lo que ella… sin embargo, en su esposa se veía un amor tan sincero como el agua del río de Pío. Alcanzó la barbilla con el gesto hinchado de orgullo; se veía tan vanidoso.

En Verrunde, el sol estaba oculto bajo la vegetación y la niebla comenzaba a asomarse en círculos albinos, como si fueran miles de pupilas de ojos juntos. Era tanto el frío que hacía que atravesaba los huesos. Tenía casi más frío en la cama que levantada. La cama era como todas: de alambre y muelles, y chirriaba bastante por lo vieja que estaba.

★★★★★

Las manchas oscuras y espesas de los frondosos bosques se habían llenado de hojas de castaños, de color cobre, y había musgo por todos lados, anunciando la Navidad. Los *rapaces* en la escuela habían puesto el belén, todo lleno de musgo y verdes hojas, y un enorme árbol de acebo con sus bolitas rojas, todo decorado con cintas y bolas de diversos colores. Era justo el día que radiaban la lotería nacional los niños del colegio de San Ildefonso. Toda la gente hablaba del gordo de Navidad, que cada décimo costaba quinientas pesetas; aquel año tocó Madrid y Bilbao. El número 02365, en la televisión, salían gritando de alegría y tomando cava.

A las casas no cesaban de llegar felicitaciones navideñas que colmaban de color y alegría los hogares, y las iban colocando en el árbol de Navidad. Todo era bonito, pero en las familias se notaba un halo de nostalgia, especialmente porque se acordaban de los seres queridos que habían fallecido.

La hermana de Milia había traído una planta de Navidad: la flor de pascua, con sus flores de color rojo, que lucían hermosas. Había venido vestida con una minifalda y unas preciosas botas blancas, y era el comentario de todo el pueblo.

Se palpaba y se olía la Navidad. No muy lejos de los vecinos, los tocadiscos veraneaban canciones típicas de Navidad. Pacho acababa de llegar de los *praos*, vestía una camisa azul de cuadros y un *jarse* que su madre había tejido durante el otoño, y que él lucía con mucho cariño. Su *muyer* estaba con el busto erguido, túgudo, algo altanera, vestida con un simple vestido de fina tela que, cuando salió a por leña al exterior de la calle, la agitó la brisa del anochecer.

Pacho fumó deprisa, dejando una estela de humo, mientras sus ojos se fueron a fijar en el reloj de pulsera que lucía en su brazo velludo. Eran ya las ocho; faltaba poco para la cena de Nochebuena. Habían venido sus cuñados de León y su sobrina.

—Hoy ha venido mi cuñado, es un erudito importante —le dijo a un vecino.

—Lo sé, lo sé —contestó este—. Con un *ome* así merece la pena conversar.

En las casas, casi todos cenaron un sabroso gallo de corral guisado o cabrito. El padre de la familia bendecía la mesa diciendo:

—Que para el próximo año estemos todos juntos en amor y compañía.

Por la noche, la bóveda del firmamento se iba llenando de estrellas. Al rayar el alba, los vecinos se levantaban y acudían a los *praos* de Verrunde. Desde ellos, acudían a la carretera.

★★★★★

Milia y Malia, unos cincuenta metros por debajo de los Peñoncillos, con una inmovilidad aparente, pasaban el río. Vista desde arriba, parecía un espejo transparente, y las curvas le daban forma de culebra.

Con el cuenco en las manos, se llevaban el agua a la boca y después al cuello, al pecho, a la cabeza y a la nuca. Las *muyeres* se estremecían. El agua bajaba helada de las montañas. Les costaba volver a subir hasta sus casas. La distancia era corta, pero la pendiente elevada.

★★★★★

Milia no puede más con su marido, Pacho. ¿El dolor pasa? Ella abre la boca en busca del aire que le falta. Con el vientre cubierto de espuma, el caballo, que sube con desgana como si contara sus propios pasos, pierde las manos en un socavón del camino y, quizá por eso, o porque ya tocaba, calienta un poco el sol por encima de los árboles.

Con un pañuelo, que alguna vez debió de ser blanco, Milia espanta las moscas y se seca el sudor que le chorrea por debajo del sombrero. Otro sudor de otra índole le recorre la espalda. Es un sudor frío. De vez en cuando, un dolor agudo se le enzarza entre los huesos y la *muyer* se aferra a las crines del caballo con todas sus fuerzas.

El matrimonio formado por Milia y Pacho estaba más descansado debido a que durante el invierno había menos trabajo en los *praos* y con el ganado en el que pudieran trabajar.

Así es que Milia se sube en el vigoroso caballo con más fuerza de regreso de Oseja de Sajambre, adonde había ido a visitar a sus padres.

Como era tan dinámica y trabajadora, aprovechó y cogió unos palos de leña bien secos y pequeños en el bosque para encender la lumbre. Había mucha niebla y se escabulló entre el follaje. Se estremeció al reencontrarse con su esposo, pero enseguida lo reconoció y le sonrió tristemente.

Ya en su casa, su marido dijo:

—Esta tarde es igual de fría que cuando nació mi hermano Jesús, que también hizo bastante frío, un frío como nunca.

Y mientras se calentaba en la lumbre, extendiendo las manos hacia el fuego:

—Un frío como nunca —contestó la humilde *muyer*. A la par que añadía—: ¡Ah, qué noche fue esa! ¡Una noche larga y alegre a más no poder!

6

En las claras del día, los vecinos y los *rapaces* dejaban arroyos de *yerba* a los animales. Eran muy rutinarios. Así era el crudo día a día.

Acostumbrados a acostarse al caer el sol y levantarse al alba para dar de comer al ganado y atender las tierras, así como ayudar en las tareas domésticas, una señora dijo:

—No les mandéis hoy a la escuela. Para el día de hoy amenaza nieve. ¿No ves cómo está todo paralizado?

Una noche había una vaca de parto en un establo. Había cambio de luna. La vaca llevaba tiempo sin comer y estaba arrinconada en una esquina. El animal estaba hermoso, casi no se le notaba el dolor. Representaba, como toda hembra, la continuidad de la vida. Pacho y Gabiel estaban manchados de fluidos y de orina. Pasó la fase de dilatación, que era cada quince minutos y le duraba unos veinte segundos. Más tarde, según avanzaba el parto, se repetía cada quince minutos. El cuello uterino se dilató diez centímetros.

La vaca, en total, no sé lo que había dilatado…

El día cada vez clareaba más. Uno de ellos se atrevió y, con las manos bien limpias, abrió su *bellada*, que estaba bien húmeda, hasta encontrar el cuerpo del ternero que estaba en posición trasera, lo que se llama parto distócico. Ataron las patas a una cuerda y, de un empujón, la vaca parió. Todo fue felicidad.

Pacho comentó:

—¡Qué el cariño de una madre a una cría que sabe que es la suya! No la aparta ni le da cabezazos, ni da ningún *berrido*, sino que la lame hasta que el ternero entra en calor y se pone poco a poco en pie buscando las ubres de su madre.

Una vecina apareció con una botella de orujo y los *omes* echaron un buen trago que les bajó por el gaznate.

★★★★★

Era evidente que Milia en casa ya le esperaba ansiosa. Su esposo se sentó, como siempre, alrededor de la lumbre en la cocina y se pasaban una botella de uno a otro con un vecino de orujo. Sobre las llamas borboteaba una olla de la que salía un riquísimo olor: estaban haciendo un exquisito guiso. En una esquina se apilaban unas cuantas cajas de leña cortada.

Era de noche cerrada cuando Pacho dio un soplo al candil. Mientras cogía en brazos a la *rapaza*, no le *prestaba* dejarla mucho tiempo sola…

A todas horas escuchaba repetir a su marido: «¿Qué le habré hecho ella al bueno de Dios para merecer una *rapaza*?».

María Jesús no podía hablar. Ni siquiera llorar. Solo sentía náuseas por el olor espantoso en medio de aquel pozo donde se encontraba todo era sufrimiento. Miró a las montañas. ¡Qué bellas estaban! Bañadas por la dulce claridad de la mañana.

Al día siguiente, creo que a media mañana, Pacho discutió con María Jesús. Se sintió amenazado por la inteligencia de su *rapaza*.

—Qué chiquilla… —Pacho, fuerte y dinámico, estaba sudando e hizo un amago como para asaltarla.

—Repito mi ruego de que no me faltes al respeto, *jiya* —le dijo, mirándola con severidad y haciendo un gesto perentorio.

«Ojalá la niña no tenga una vida conflictiva y llena de problemas como la que tengo yo», se dijo su madre desde sus adentros mientras miraba y escuchaba la escena por la ventana.

La estrecha cañada por donde corre el riachuelo del pueblo es de una belleza encantadora. Las colinas verdes que la forman, cubiertas a trechos de árboles. El río descendía, tan pronto suave como rumoroso, pero siempre límpido. El camino estaba sombreado de avellanos.

★★★★★

María Jesús, la *rapaza*, saltó del colchón y escuchó, con el oído pegado a la madera, los pasos que se iban alejando por el largo pasillo de la casa. Cuando se hubo marchado, ya iba en el barrio Fondevilla en dirección al de la Piquera. Se bajó las escaleras hacia la cocina y removió en una de las hornillas malogradas.

Milia, desde muy chica, enseñó a la *jiya*, además de hablar muy bien el castellano porque su tía era maestra, a colocar los cubiertos en la mesa cuando había invitados y cómo comportarse en la mesa y saber comer con la educación y modales de una dama. Así que la *rapaza* parecía que se había criado en la capital de España.

Y lo más importante que le había enseñado: aprender a coser a Oseja, y ya se defendía bastante bien en la confección de los tejidos.

La *rapaza*, por la noche, a la hora del crepúsculo, mientras se acostaba, por la grieta del entarimado divisaba toda la planta de debajo de su casa. Su padre estaba sentado en el *escaño* de madera con respaldo, mientras su madre recogía los restos que habían sobrado de la cena. Una brisa templada lo movía todo.

Era raro, pero las palabras sonaban inéditas: la estaba colmando de lisonjas. Eso en Milia suscitaba nuevas ilusiones, pero también tenía miedo; no se fiaba mucho de la palabrería de aquel *ome*.

Al siguiente día volvió a las andadas, y se pasó Pacho vigilando las idas y venidas de su esposa. Era un don nadie. La *muyer* era fuerte y su cuerpo más, pero hasta los árboles añosos y poderosos del pueblo sucumbirían al poder de los rayos de las tormentas.

Ajena por completo a todo, con su remendado mandil, atareada entre cazuelas.

—¿Con quién has hablado tanto? —le preguntó inquisitivo.

—Con la vecina.

—No te creo. ¡Hablabas con tu amante! ¡Ahora entiendo por qué no me deseas!

La pobre *muyer,* entre sartenes, se arremangaba y lo hacía todo en un santiamén. Escuchaban las radionovelas mientras faenaban. Qué decir de trabajar en el campo. Cada día, así como se evadía. Se encontraba tan mal, que no tenía fuerzas para ocuparse de nada, casi ni de la *rapaza*. Fue en esa época cuando opinó aún más que su madre era una sabia. Era como si todo se hubiera petrificado a su alrededor.

★★★★★

Milia sentía un profundo dolor. Un dolor insufrible que aumentaba y la aniquilaba. Consideraba a su esposo un *ome* poderoso, pero sabía que estaba lleno de bajezas por mucho que conociera refranes y el santo de cada día.

Así que una mañana no lo pensó dos veces, espoleó al caballo y se internó en los montes de Sajambre. Sabía muy bien lo difícil y rudo que era cabalgar por aquellas colinas. Entre tanto follaje sentía en su cara el azote de las ramas, pero no las esquivaba. Le dolía el viento helado sobre su rostro y las piernas de tantos rasguños. Pero no se detenía. Galopó de tal modo que una hora después estaba casi en territorio asturiano.

Pero su esposo acabó encontrándola. Estaba lívido y sus dientes mordían con rabia una rama que tenía prendida en su boca. Desmontó del caballo y la impulsó hacia el suelo. Ella, fría, muda e indiferente en apariencia, quedó frente a él como desafiándolo. Milia comprobó la isleta de vello rizado que se divisaba entre sus tetillas.

Por fin pudo subir de nuevo al rocín. El caballo estaba inquieto y piafaba, por más que la amazona trataba de calmarlo, agarrándolo con todas sus fuerzas al ramal a la par que le susurraba palabras tranquilizadoras. El animal levantó el trote, advirtiendo la adversidad del marido.

Los ojos masculinos lanzaron un frío destello y los pelos de su oscuro bigote parecían resaltar más que nunca. Él la sacudió y gritó furiosamente:

—Regresa a nuestro hogar, o como quieras llamarlo.

Ella, con rabia, tapó su rostro con el pañuelo como si fuera una mora. Y se quedó inmóvil. En ese momento él le tiró una piedra que, por suerte, fue a golpear un árbol.

Pacho se acercó a su esposa. Su rostro aún estaba contraído, sus manos temblaban, todo su cuerpo manifestaba una extraña agitación. Una tromba de agua y pedrisco no causaría tanto daño en un sembrado de trigo como el que causaba su mirada.

Mientras, señalándola con el dedo índice, amenazante, dictó una orden a grito tendido:

—Te denunciaré por abandonar el hogar —le dijo con voz de altanería. La orden fue corta pero contundente. Lo que más admiro en una *muyer* es la lealtad y la fidelidad, y tú no eres la mitad de fiel de lo que soy yo.

—Déjame en paz o terminarás en el penal de Burgos y te penarán a garrote. Yo siempre me he sabido muy *ome* muy leal —rio satisfecho—. Soy sabedor de sobra de ello —comentó su esposo en tono burlón.

La vida de aquel *ome* era tan reyerta, sin embargo. Ella se sentía tan sola; con el amparo de su caballo tenía la mirada perdida en el confín del horizonte asturiano. Por unos instantes se armó de valor y le dijo:

—Yo, tu deudora para siempre…

—No me interrumpas, que te estoy hablando.

Había un aire que se enrarecía en el ambiente más y más, hasta que él soltó un bocinazo, hastiado. Caían ya oblicuamente los rayos del sol en los zarzales y setos por todo el valle. Cuando se encaminaron hacia Pío de Sajambre ya había sombras por todas partes.

No iban muy satisfechos. Entre ellos no reinaba la concordancia, pero fluían y confluían a su manera. Lo miró. Inclinada sobre el caballo, galopaba a casa toda apenada, pero le costaba esfuerzo mantenerse firme sobre el caballo. Él, en cambio, diríase que había nacido para jinete. Y así era, en efecto. Era gallardo hasta para montar y galopar aunque estuviera ebrio.

La tarde se había quedado cálida y perfumada.

—Un día tendrás tu castigo —dijo ella—. No creas que siempre vas a ser un reyezuelo.

—Tú dirás —dijo mientras meditaba.

—Lo hará el señor de arriba. A todo cerdo le llega su San Martín.

Miró el cielo bordado de nubes claras, y no habló de nuevo. Su esposo se sabía culpable y no le hizo nada.

—Haz lo que quieras, lo que sea —subrayó con sus palabras.

Cuando subió a su cuarto le dio un golpe al portarretrato que él tenía de ella de soltera, pues estaba muy enojada. Luego lo cogió, comprobó que tenía mucho polvo y lo limpió con el revés del mandil.

Aquella noche, como muchas, no durmieron juntos. Llevaban tiempo sin hacerlo y, sin tener relaciones sexuales, cosa que ella no echaba de menos. Examinó el cuarto: había muebles gastados, pero de buena calidad, hechos con maderas del concejo; una mesa redonda con tapete que ella misma tejió; en la pared, un retrato de Nuestro Señor.

★★★★★

Los *omes* en la *cantina* eran entrados en carnes, con tirantes, o *muyeres* viejas con bolsas. Aplastaban a María Jesús cuando fue a comprar; la pisaron, la desmantelaron bulliciosamente en la *cantina*.

—¿Qué va a ser? —le preguntó la *chigrera*—. Y da recuerdos a tu madre.

De esta guisa, *devoló* para su casa. Sintió sus pasos. Aquellos pasos firmes, rudos, inconfundibles, que llevaba oyendo durante años, un día tras otro, sin haberlos confundido nunca.

Se puso en pie. Era su reacción habitual. Los pasos doblaban el recodo del pasillo, y ella se lo imaginó mirando al frente con aquellos ojos centelleantes, bajo unas cejas rizadas y abundantes, de un color negro como el carbón. Sintió una honda rebeldía dentro de sí, pero se mantuvo tranquila e inexpresiva.

Él cerró la puerta con el pie y atravesó el cuarto a paso corto. Se dejó caer en el borde del ancho lecho y entrecerró los ojos. Su inmovilidad era tan absoluta que, si su esposa no lo conociera y no estuviera habituada a sus mudas reacciones, hubiera creído que estaba muerto.

Apretó las manos una contra otra fuertemente, hasta que los nudillos quedaron blancos. Pero esto no le servía de nada. Su ira, su humillación, su pena, su amargura… tenían muy sin cuidado a su esposo.

★★★★★

La *rapaza* recordaba, sin embargo, algunas escenas muy tristes que se vivían en aquella casa.

Un día que estaba en la feria de Oseja, un señor, al percatarse de la ansiedad de su mirada, le preguntó su nombre, su edad, qué tal en la escuela, y por último le obsequió un *sequillo* y unas cuantas monedas.

La *rapaza*, seguidamente, acudió a la *cantina*. Cuando llegó, había muchos clientes ocupando todo el mostrador. Esperó que se despejara un poco el escenario, pero, no pudiendo resistir más, comenzó a empujar. No sintió vergüenza alguna, porque el dinero que empuñaba lo revestía de cierta autoridad y le daba derecho a codearse con los *omes* de boinas en la cabeza. Después de mucho esfuerzo, su cabeza apareció en primer plano ante el asombro de la dependienta.

—¿Ya estás aquí, *jiya*? Estoy seguro de que tu padre ya estará borracho a estas horas. ¡Vete saliendo del local ahora mismo! —le ordenó.

María Jesús, lejos de obedecer, se irguió y, con una expresión de triunfo, reclamó:

—¡Veinte pesetas de chicles!

Su voz estridente dominó el bullicio del local y se hizo un silencio curioso. Algunos la miraban, intrigados, pues era hasta cierto punto sorprendente ver a una *rapaza* de esa calaña comprar tan empalagosa golosina y en tamaña proporción. El cantinero no le hizo caso y pronto el barullo se reinició. María Jesús quedó algo desconcertada, pero estimulada por un sentimiento de poder repitió, en tono imperativo:

—¡Veinte pesetas de chicles!

El cantinero la observó esta vez con cierta perplejidad, pero continuó despachando a los otros vecinos.

—¿No ha oído? —insistió María Jesús, excitándose—. ¡Quiero veinte chiches!

El cantinero se acercó esta vez y le tiró de la oreja.

—¿Estás bromeando, *rapaza*? —María Jesús se sujetó a la despintada pared pintada de cal—. ¡A ver, enséñame el dinero!

Ella, sin poder disimular su orgullo, echó sobre el mostrador el puñado de monedas que tenía en la bolsa. El cantinero contó el dinero.

—Buen empacho te vas a dar —comentó alguien.

María Jesús se volvió. Al notar que era observada con cierta benevolencia, un poco lastimosa, se sintió abochornada. Comprendió que, por razones que no alcanzaba a explicarse, estaba pidiendo casi un favor.

—¿Vas a salir o no? —le increpó el cantinero.

—Despácheme bien antes.

María Jesús quedó unos momentos pensativa. Extendió la mano hacia el dinero y lo fue retirando lentamente. Rogó con una voz quejumbrosa. Al ver que el cantinero se acercaba airado, repitió conmovedoramente:

—Quiero ser atendida, por favor.

Estornudó con redomada picardía, apretando levemente con su mano los dedos de la mano derecha. El cantinero, entonces, se inclinó por encima del mostrador y le dio el codazo acostumbrado que daba a todo el mundo, pero a María Jesús le pareció que esta vez llevaba una fuerza definitiva.

—¡Quita de acá! ¿Estás loca? ¡Anda a hacer bromas a otro lugar! —le dijo con donaire.

María Jesús salió furiosa de la *cantina*, con el dinero apretado entre los dedos y los ojos húmedos, vagabundeó por los alrededores del establecimiento.

En ese momento entraron las comadres Milia y Malia a comprar azúcar, que estaba en un saco de venta a granel. El cantinero, que era muy astuto, la colocó en una romana e intentó engañarlas, echando menos de lo que marcaba. Habían pedido dos kilos.

—Pillina Virgen, paseme. Púsete de más.

—Déjate de timarnos y quita la *manina*.

Aparte, en Pío de Sajambre hablaban el asturiano. Al estar tan cerca de Cangas de Onís, bajaban a Cangas y Arriondas a hacer todo tipo de menesteres.

La *rapaza*, de pronto, llegó al Puente Alto. Sentándose en lo alto, contempló el río. Le pareció en ese momento difícil restituir el dinero sin ser descubierta y maquinalmente fue arrojando las monedas una a una, haciéndolas tintinear sobre las piedras. Al hacerlo, iba pensando que esas monedas nada valían en sus manos y que, en ese día cercano, cuando fuera grande y terrible, cortaría la cabeza de todos esos *omes* gordos que vendían el alcohol a su padre, y hasta de los pájaros que sonaban indiferentes a su alrededor.

Su madre en casa llevaba el pelo recogido en lo alto de la coronilla, cargado de horquillas, se encargaba de limpiar los platos y el cuarto de baño, que tenía los azulejos de friso en color azul, bellísimos. Le *prestaba* tirar de la cadena una y mil veces y ver correr el agua tan limpia por el wáter y cepillarse los dientes con el dentífrico que tanto anunciaban en la televisión: de la marca Colgate.

Atrás quedaba la palangana de hojalata que había en el cuarto que servía de palanganero. La guardarían de recuerdo y quedaría muy bonita como decoración junto con la jarra de agua y el orinal debajo de la cama.

El sol se había puesto y empezaba a reinar la sombra por todos lados.

En ca del minero y en la de Pacho tenían, además de la cocina bilbaína, otra de butano de color blanco con horno incorporado. La *muyer* del minero fregaba la cocina de hierro con una piedra arenisca; allí es donde asaban las castañas y ponían las manos encima sin tocar la plancha para calentarlas.

En su cabeza tenía el ruido de cuando su suegra cortaba los retales para hacer los vestidos, el pedal de la máquina de coser y el olor que desprendía la plancha al pasar por los retales una vez hilvanados; todo le parecía maravilloso…

Aquella noche su esposo llegó algo ebrio, como tantas veces. Tenía cuarenta años de edad, no cesaba de ver el noticiero del

NO-DO, y en la televisión seguían con las noticias de la mala salud del generalísimo.

Milia estaba terminando de planchar y lo hacía de manera muy nerviosa por la forma en que planchaba de nuevo el mantel, cuya esquina había quedado algo arrugada en un descuido…

Ella oteó a su alrededor. Sentía un profundo dolor. Un dolor insufrible que la empequeñecía y aniquilaba. Pero tenía razón: hacía mucho tiempo que llevaba callando y necesitaba hablar. No para menguar su dolor, sino para tener con quién compartir sus amarguras. Tal vez Milia no sabía… No, no lo sabía nadie. Allí todos creían que ella era… Apretó los labios. A ella misma le sonaba horrible la palabra. No lo era, pero significaba tanto como serlo.

Su esposo entró en la cocina; Milia fregaba en el viejo fregadero y, al escuchar su voz tan cerca, se sobresaltó. Intentó hablar, pero se quedó sin fuerzas. Le dijo que subiera al cuarto porque quería penetrarla, pero ella se resistió; no tenía ganas de entregarse.

Se estaba acostumbrando a su vida, a su soledad ante todo y ante las demás personas. La pobre esposa, deseosa de calmar y aminorar su sufrimiento, se iba a dormir muy pronto. Él la miró, estaba ante la lumbre y los reflejos oscilaban ante las llamas.

—Los *omes* siempre te miran con codicia. —Ella retorció sus manos una contra la otra y susurró unas palabras que ni se entendieron, apartando sus bellos ojos de su marido.

Esperaba una reacción de su parte, pero él no se doblegaba ante nada. Los reflejos oscilaban entre las llamas.

—Perdóname —murmuró ella con un tono de voz que daba pena escuchar. Él la miró, estaba ante la lumbre y las rojizas llamas hacían que oscilaran reflejos entre sus fracciones.

La *muyer*, sucia y muy ajada, se metió en la cama sollozando, con roncos gemidos que salían de sus entrañas. Era sabedora de que, por mucho que desapareciera en el confín del mundo, él la encontraría. ¡Se sentía tan aniquilada! Aquella noche, como tantas, hicieron sexo mudo, en el más puro silencio, para que su *jiya* no los escuchara: sin pasión, sin besos, sin orgasmos para su esposa...

Al día siguiente su esposo volvería de caza. Preparaba su escopeta para ir de caza.

A la mañana siguiente partía. Ella apretó su frente contra la ventana y vio cómo un tropel de cazadores se ponía en marcha y se perdía en los bosques mientras partía. Ella lo observó con flema.

Lo acompañó hasta la puerta. Viendo cómo se iba, se sintió tan chica, pues él siempre se la metía en toda clase de trapacerías y perficias.

—Siento que no te profeso mucho cariño.

—La verdad es que no —titubeó su *muyer*.

Su marido comenzaba a clarear en las sienes, estaba ajado y tenía un poquito de la curva de la felicidad, su cintura más ancha y la barrigota abultada cada día. No estaba muy apetecible, que digamos.

7

La maestra introdujo una gran llave en la cerradura y dio una vuelta para cerrar la puerta de la escuela.

María Jesús notó en clase que un *rapaz* se había quedado absorto en ella, con los ojos abiertos como platos tras las gafas de montura dorada y con los labios teñidos de un creciente rojo. La *rapaza* comenzaba a ser *muyer* y tenía sentimientos de ello.

Cuando se acababa la tinta china del tintero, le pedía más a él y el *rapaz* se la *prestaba* encantado. Sus papeles siempre estaban emborronados de tinta. No sé cómo los *rapaces* aprendían a escribir.

La maestra estaba junto a un *ome* alto y delgado, con el rostro muy moreno, algo anguloso, surcado de arrugas. Se habían acurrucado tres vecinas.

La maestra repetía con sumo celo:

—Dicen que la tierra no da siembra si no se cultiva.

Todos afirmaron que era cierto.

Los *rapaces* armaban mucho jaleo. María Jesús se había puesto de pie y los miraba como si fueran héroes. María Jesús era una muchacha sensata, fina y delicada, aprendía todo sutilmente.

Apretó la frente en el cristal de la ventana, que estaba llena de vaho, y contempló el exterior con cierta tristeza; acaso ella era como su madre, que llevaría una daga en su cuerpo y su corazón.

—¿No te humilla mi desdén? —preguntó uno de los *rapaces*.

—En absoluto —contestó con saña.

La *jiya* del minero y algún *rapaz* más aún iban a la escuela con el cabello lleno de pulgas y piojos.

A los *rapaces* les tocaba lavar la toalla del lavabo una vez a la semana. Parecía de carbón de lo sucia que estaba. También limpiaban el wáter de cerámica con un cepillo, frotando especialmente la zona donde se ponían los pies, uno a cada lado. Había que hacer bien el equilibrio para no caerse de bruces y perder el equilibrio. De aquel hondo agujero, donde caían los excrementos, salía un hedor espantoso.

La señora maestra tenía una vara de avellano bien afilada en la punta para castigarles y pegarles en las manos. En la silla de la maestra había colgado su abrigo de capa y en la pared había un cuadro de Franco y un crucifijo de nuestro Señor Jesucristo. Rezaban el padrenuestro cada mañana.

Cuando estaban solos se reían tirados en el suelo, que era de tablones de madera; para barrerlo, como tenía tanto polvo, lo rociaban con un poco de agua. Los pupitres eran de madera maciza de fresno, con un agujero para poner el tintero.

¿Y qué decir del colosal de la tecnología? El bolígrafo de varios colores. ¡Qué gran servicio! Todo el material lo guardaba en la cartera; aquello parecía un sarta lleno de cómicas. Aquellas gordas reglas de madera, además de servir para dibujar, servían para que el profesor diera golpes en las manos si se dispersaban, llegaban tarde a clase o molestaban.

Los *rapaces* aprendían geografía universal con los gigantes murales y con los mapas de plástico, los ríos, cordilleras y regiones.

La clase de dibujo artístico consistía en la copia de láminas con figuras, paisajes, etc. En clase de pretecnología y de dibujo utilizaban goma arábiga y pegamento.

Lo estudiaban todo en la enciclopedia Álvarez.

De bocadillo, a media mañana, llevaban pan con membrillo, o Milia lo cortaba a trocitos de la lata de aluminio y lo colocaba en pan de hogaza, untado con aceite y azúcar.

La señora maestra, que bastante desgracia tenía con llamarse Pánfila, se dio cuenta de que había sido demasiado desdeñosa, puesto que tenía que implorar perdón para con los *rapaces*.

—Basta, señora maestra. Deje a los *rapaces* en paz —gritó un vecino exasperado.

—Creo que soy demasiado blanda con ellos —dijo la maestra.

Los pensamientos de la señora maestra eran aniquiladores.

—No, todo lo contrario, eres demasiado dura —dijo exasperado el vecino.

—Estos *rapaces* aprenden con mucho amor, dolor y mucha esperanza.

—No lo pongo en duda, señor —le dijo la madre de Olga, la señora Malia.

★★★★★

Las *rapazas* imitaban a las modelos en las revistas, con botas blancas, vestidos y minifaldas (una prenda nueva, diez centímetros por encima de la rodilla) que hacían en las casas las modistas.

La minifalda, femenina y atractiva, estaba al alcance de cualquier *muyer* que se atreviera a llevarla. Lo hicieron millones, desde las *rapazas* normales hasta las famosas distinguidas.

De todas formas, en la escuela y de esa gran maestra llamada Pánfila, aprendían muchas *cosucas*. Aunque se pasaban la vida castigados, habían llegado a entender que aquel buen maestro no tenía la sarna que los *rapaces* creían.

Un *rapaz* le preguntó al profesor:

—¿Qué era venir de buena familia?

—Venir de buena familia es cuando se tiene dinero; venir de buena familia es cuando se tiene principios y educación.

Llegó el verano. Con él, las vacaciones. En la escuela se albergaron y las reuniones con la maestra menguaron. La señora maestra se quedó de vacaciones en el pueblo y ayudaba con la *yerba* seca. Era muy trabajadora y faenaba como una vecina más por los *praos*. Como era diestra, sabía hacer de todo.

Hasta segar con la guadaña, que manejaba con especial destreza. Toda sudorosa, con el vestido de tirantes y un pañuelo floreado en la cabeza, bebiendo de la bota el sabroso vino, daba pena mirarla. Era morena, tenía una sonrisa muy bonita y unos pómulos no muy deslumbrantes. La verdad era que no tenía el elixir de la juventud, que dijésemos. Después de aquella laboriosa jornada, fueron para casa.

★★★★★

Los *rapaces* acudían a la iglesia o, si no, a la escuela para rezar el rosario. Acudían por simpatía, más que por fe. Tenían fe desde que nacieron y, más tarde, en la escuela arraigó más.

—Ya os podéis esmerar y aprender bien; si no, vuestros padres os meten en un reformatorio y no salís en la vida.

—¡No, en un reformatorio no! —contestaban al unísono los *rapaces*.

Era la única manera de que tuvieran algo de respeto.

8

Era el día cuatro de agosto. Las personas acudieron a misa con sus mejores galas. En la procesión sacaron los mozos al santo, que lo llevaron alrededor del tejo, bordeando el «rodeo» de la iglesia. Era el día de la fiesta, en aquel soleado mes de agosto que picaba un mes de justicia. La *jiya* de Pacho estaba tan guapa que los mozos decían: «Lo más seguro es que se lave el pelo todos los días; ¿no ves cómo lo tiene de ondulado? Parecen las curvas del desfiladero de los Beyos».

La leyenda narraba que santo Domingo de Guzmán sostenía en su mano un rosario y enseñó a rezarlo. Lo instó a predicar por todo el mundo. Domingo de Guzmán nació en Caleruega (en la actual provincia de Burgos) hacia el año 1170. Sus padres fueron el venerable Félix de Guzmán y Juana de Aza (llamada comúnmente santa Juana de Aza, beatificada en 1828). Domingo tuvo dos hermanos mayores, Antonio y el beato Manés (este último fue uno de los primeros beatos dominicos).

—La verdad es que está para decirle «da que», guapo —dijo un mozo—. Sí, esta pronto se marchará para Oviedo, peinándose el pelo con ambas manos hacia atrás. Pero está en otra liga.

Las *muyeres*, en las cocinas, doran de un lado, doran del otro, preparando el sabroso cabrito guisado, que ya tenía un color bien tostadito.

—¿Tenéis suficiente leña para atizar la lumbre? —preguntó Pacho a Milia. Habían traído mucha leña con los primeros tractores de la marca Pascualín, que llegaron al pueblo, bien lo recuerdo —comentó—. Estábamos todos.

Después fueron toda la familia de Pacho junto con la del minero a tomar unos vinos a la *cantina* y luego, más tarde, a comer; les esperaba aquel rico cabrito guisado.

Y aquella noche de fiesta, los *omes* bebieron hasta que se embriagaron.

Los familiares de Pacho tuvieron tiempo de observar cómo a aquella *muyer*, a Lucía, su hermana de León, se le iluminaba el rostro con aquella virtualidad y su impecable sonrisa, que se dejaba dibujar en su bello rostro. Su *jiya*, que no era presumida, también entró en el comedor a ofrecerles más comida.

—A pesar de estar casada con un prestigioso médico en León, cuando venía al pueblo nos reconocía a casi todos los de la comarca con su bata blanca. Vive en un piso de noventa metros cuadrados, con dos baños y terraza en la cocina, armarios empotrados y ascensor, con miras a ponerle espejo, y la puerta de la entrada es muy resistente para que no entren los ladrones, con una cadena, y mirilla; vamos, que es todo un lujo —dijo Milia.

—¿Qué es mirilla? —preguntó su vecina.

—Un agujerín para mirar quién hay detrás —contestó esta.

—No sé para qué quiere tanto baño si nos bañamos solo cuando vamos al médico. —Ambas se echaron a reír.

Pero ella no tenía descendencia; se sentía vacía y mal. Le pasaba como a su hermana, que no era muy fértil que digamos, y Malia, lo mismo, que solo les había dado Dios una *jiya*.

Como era el día de la fiesta, no habían escatimado en gastos. Luisa, su hermana, estaba peinada a la última moda con la melena larga y lisa. Era una joven que no sentía vergüenza por llevar la blusa remendada, eso sí, limpia y bien planchada.

—He oído que tocas el acordeón. ¿En qué pieza has estado trabajando últimamente? ¿Algún pasodoble? —le preguntaron.

—Oh, mi conocimiento del acordeón es muy incompleto. Solo toco para entretenerme. Yo… creo que estoy muy poco preparada. —La muyer se animó y tocó unos pasodobles.

María Jesús, la *rapaza*, era encantadora, de rasgos divinos y aquellos rizos que le caían por la espalda.

—Mamá —dijo la *rapaza*—, ¿qué vestido me pongo para ir al baile?

—El blanco, querida.

La *rapaza* se abrazó encantada a su madre, cogiéndola por su cuello cisne. Había cuatro fiestas en el concejo y no podía repetir modelito.

La ropa de su marido era sencilla, pero eso sí, olía a naftalina pura. Llevaba unos pantalones vaqueros algo raídos que seguramente le habían acompañado en muchas cabalgadas y una chaqueta de pana sobre una camisa verde. La hebilla del cinturón, espléndidamente adornada y dorada, era el único objeto de valor de su vestuario, junto con sus buenas botas. Llevaba además una cadena de oro en torno al cuello, de la cual pendía la imagen de la Santina de Covadonga, que era gran devoto, pero era alto y fuerte y se movía con agilidad. Su actitud expresaba confianza en sí mismo y audacia.

Por la casa, la *muyer* llevaba el pelo recogido con horquillas en lo alto de la nuca. Los cabellos negros y algo canosos destellaban como si estuvieran untados con manteca de cerdo. Tenía el rostro aceitunado y algo salvaje.

Él terminaba de llegar borracho, como la mayoría de los días festivos. Para colmo, se había depilado los genitales. ¡Qué horror! Había perdido el encanto intrínseco que los pelos que rodeaban el miembro viril tenían: fuertes y ensortijados. Lo rechazó con asco y no le quiso hacer nada en relación al sexo; necesitaba sentir el olor que desprendía el vello genital. A los ojos de Pacho parecía un niño. ¡Maldita cuita la que había preparado!

Entre las vigas prendían finas y pálidas telarañas. Algunos cuartos comenzaban a ponerles cielo raso y a colocar alguna lámpara muy bonita.

Las casas estaban impolutas: habían quitado las telarañas, vapuleado los colchones de lana y habían retirado las camadas de estiércol que se tendían alrededor de cada establo para que el pueblo oliera bien. Todo lucía tranquilo y soñoliento. En las casas había algunas mesas camillas y, en los muebles de madera, destacaban los preciosos tapetes hechos a ganchillo de color blanco.

Y al final, el sonido de los borrachos en el pueblo hizo madurar un plan en su mente.

Mientras se hablaba alegre y tolerantemente de las gentes de Pío de Sajambre, espió a través de los arbustos el interior de las casas abiertas y cubiertas de muebles hermosos de madera maciza.

Pacho fumaba recostado en el *escaño*, confundido. Tenía un vaso con orujo reposando en la mesa cercana, cuadrada de madera. Contemplaba distraído el conjunto del mobiliario. Le era muy conocido, tanto que lo palpaba con la mente desde hacía años, cada mañana y cada noche. Por tanto, nada le resultaba sorprendente: las mismas paredes, casi materialmente cubiertas con almanaques, las mismas figuritas en espera de restauración en las estanterías.

Mientras, su *muyer* hacía la cama. El camisón había sido depositado en el fondo, bajo la almohada de la cama. Vestía un mandil floreado con un blusón pardo, del cual asomaba el inicio de sus senos. Estaba muy atractiva. Ladeaba el cuerpo y buscaba casi a tientas las mantas. Casi no había luz en el cuarto, ubicado en la vieja casa restaurada, y una brisa mañanera, algo confundida por un sol mortecino, bañaba plácidamente su intimidad. Perezosa, echó el cabello hacia atrás. Una lacia, larga y sedosa cabellera. Unos ojos oscuros, de mirar profundo, buscando no sé qué…

Ella no era irónica, pero a veces su esposo la sacaba de quicio. Tenía más tarea pendiente, pero ya lo realizaría luego. Su esposo la llamó dando voces y ella rezongó muy bajito:

—Vete al diablo.

Así transcurrirían los interminables días en aquella familia.

★★★★★

En la televisión echaban *Un millón para el mejor*. Todo el mundo hablaba de ello. Mientras fregaba los platos en el fregadero, o en ocasiones lo hacía en la *vatea* de aluminio, encima de la placa de la cocina de hierro, así el agua no se enfriaba.

Los platos y vasos los colocaban en el escurridor de pared. Las cazuelas y las potas de todos los tamaños, de color rojo, las utilizaban para cocinar.

En los corrales, al lado de los portales, se imponía la penumbra. Ya casi no se veía más allá de las cercas de palos que cerraban las entradas. Los animales se amontonaban al fondo de la gruta que hace las veces de corral. Estaban tranquilos. La caída de la noche había hecho que se resignaran a quedarse sin paseo. Allí encontraba el *ome* Milia, arrodillada en el suelo, ordeñando una vaca que pataleaba y se resistía. A duras penas conseguía que la *muyer* sujetara por las patas, y el ajetreo hacía tambalear la *vatea*, que estaba a punto de rodar por el suelo. Parte de la leche se derramaba entre el estiércol. La *muyer* se lamentaba, gruñía, refunfuñaba, maldecía, sin parecer advertir la presencia del marido. Él se acercó indeciso y optó por sujetar a la vaca, que seguía dando guerra. Ella levantó la cabeza y lo miró, pero no soltó los pezones firmemente apretados entre los dedos.

—Déjalo, muyer, ya no son horas de ordeñar.

Como saliendo de un trance, ella liberó las ubres y el *ome* soltó al animal, que corrió a la penumbra para perderse entre el rebaño. La vaca hizo ademán de incorporarse, pero no pudo. Él la levantó al peso y la sostuvo entre sus brazos.

La obligación de los *omes*, su cometido, era traer dinero a casa. Lo tenían bien jodido porque, para juntar una miseria que nunca alcanzaba, había que partirse el lomo desde que salía el sol hasta que se ponía.

En Oseja de Sajambre habían organizado una excursión a Italia por tres mil pesetas, todo un fin de semana en autobús. ¡Menudo chollo! Pero había que contar aparte con el hotel y los bocadillos, porque tenían que comer.

En la televisión veían la teleserie y cantaban: «Vamos a la cama, que hay que descansar para que mañana podamos madrugar». Y el *rapaz* se quitó el pantalón corto que llevaba puesto. El *rapaz* preguntó en la escuela cuánto duraba «lo eterno». La maestra le contestó que lo eterno duraba toda una vida, y que si no les daba vergüenza a sus padres el no explicarles lo que era la eternidad.

En el recreo enredaban al *cascallo*. La maestra les explicaba que el pueblo tenía mucha historia. El señor maestro siempre estaba leyendo; aquel día llevaba en las manos un grueso libro en la badana de color azul oscuro.

La cantante Salomé triunfaba en Palma de Mallorca con el tema *Vivo cantado*, y también las *rapazas* cantaban *La chica yeyé*, de Conchita Velasco.

Algunos vecinos arrendaban las casas y fincas y se iban a trabajar a altos hornos en Bilbao y Ensidesa en Avilés.

El sol, aquella tarde nostálgica, calentaba con menos fuerza y estaba menos rojizo que otras tardes, hecho que indicaba que no iba a haber tormenta. Otras tardes todo era una línea rojiza en el horizonte, confundiendo el cielo y la tierra.

★★★★★

En el pueblo, la gran mayoría de juguetes estaban hechos de madera y servían para que jugaran. Ya abundaban los coches de la marca Seiscientos, de color variado.

Las cazuelas bullían en la cocina, y el susurro del aire entraba por la ventana, mientras los rayos del sol atravesaban los cristales.

La suegra de Milia sujetaba el moño alto con un montón de horquillas plateadas, como pequeñitas notas de polvo que, al caminar, reflejaban los destellos del sol que entraban por el tejado de la fuente donde habían ido a lavar.

Aquella *muyer*, retorcida y ambiciosa, lo quería todo para sí. Como era su suegra, tenía los ojos como soles y el cabello ondulado, negro como el carbón… Pero lavaba la ropa en primera fila como la mejor; más abajo, las *muyeres* lavaban con tanto frotar y remover que el agua salía llena de espuma.

Desde lo alto de la mina, la luz se difundía entre las montañas, como si estuviera todo chapado en pan de oro.

Raquel, la *jiya* del minero, de pronto se convirtió en una *muyer*, se atusó los cabellos como tratando de arrastrarlos hasta la cintura.

María Jesús, la *jiya* de Pacho y Milia, aquel día fueron hasta la Central; junto con ellas iba un joven *rapaz* llamado Liseo, que le encantaba a María Jesús, y ella coqueteaba con él. Más relajada, se acercó a su padre, que la presentó formalmente, y pensó que tal vez podría ser feliz con ese *rapaz*, que parecía alegre para su edad. No pasó inadvertido para ella que sus ropas, a pesar del lujo de las telas, estaban muy limpias y bien planchadas.

Así partió Manolín, cogió las maletas y, con el alma deshecha, se dirigió a Bilbao, donde le esperaba su puesto de trabajo, que un tío le había buscado.

Se sentó en el asiento del autobús. Los demás viajeros ya se habían acomodado justo cuando el vehículo se puso en marcha. A él le tocó al lado de la ventanilla y se dispuso a observar todo lo que veía.

Manolín estaba sentado en una mesa y escribía: aquella carta la había empezado más de media docena de veces y siempre a escondidas. Las cartas desde Bilbao eran cortas, apenas unas líneas, y más aún después de enterarse de la muerte en la mina; estaba descompuesto. Las cartas se retrasaban cada vez más por culpa de Correos.

El pobre *ome* escribía cada quince días cartas a su madre; una vecina se las leía en voz alta con delicadas palabras, como si fueran un cuento, pues su madre no sabía leer.

En Pío de Sajambre, su madre estaba desecha; para colmo, un día, la pobre *muyer* tuvo la regla y se lavó los paños íntimos en la plaza de la fuente de Allá Medio. Los tendió en el tendal y el viento los mecía de tal manera que daba gloria verlos. Estaban blancos e inmaculados, pues los había metido en lejía. Al poco rato, como hacía muy buen día, fue a recogerlos, pero notó con tristeza que aún estaban húmedos: los necesitaba con urgencia, pues tenía ya muy manchada la enagua.

La Central estaba en lo alto de Pío de Sajambre; desde allí se oteaba todo el valle sajambriero. Las vacas no cesaban de pastar.

Liseo comenzó a sonreír con extraña benevolencia. Sus ojos grandes se hicieron aún más grandes y brillaron dulcemente; su nariz aquilina se enrojeció de súbito, y sus labios finos se plegaron con ironía clásica. Al cabo, extendiendo la mano derecha, echando atrás la cabeza y cerrando los ojillos, profirió con pausa académica.

El *rapaz* se puso a pescar; había buenas truchas, pequeñas pero deliciosas para comer.

En el río había molinos de agua que movían el grano a merced del río, para hacer pan y, a posteriori, amasar *bolla* para llevar de comer de caza o cuando iban con el ganado a las montañas.

María Jesús y su amiga solían sentarse juntas y lo observaban en mudez absoluta. A veces, el hilo de la caña del pescador se tensaba, la punta descendía hacia el río y entonces María Jesús perdía el color e iniciaba movimientos precipitados y torpes. Su amiga se ponía muy nerviosa. Sin embargo, el pescado luchaba por su libertad.

Comentaban entre ellas. María Jesús dijo:

—Tenemos que ser fuertes, que si nos meten en esas casas a trabajar de pupilas —dijo firmemente.

—¿Qué es una pupila? —preguntó ingenuamente Raquel.

—Pues una puta.

9

El vecino llamado Manolín se puso a firmar una efímera rúbrica con su pluma de plata y salió carretera abajo en dirección al norte de Asturias, dispuesto a ir a trabajar a los altos hornos de Bilbao, con sus dos maletas llenas de nostalgia.

Un vecino le dijo:

—¡Vamos, *ome*, no seas presumido! Que por haber estado en el servicio militar más de un año has llegado al pueblo hablando el gallego y ahora te vas a ir como quien se va a las Américas.

Con el sonido estridente del vehículo que le llevaba, casi no le escuchó lo que le decía su vecino.

Le entretenía ir en el coche de línea; intentaba no marearse mirando lo que veía por la ventanilla.

Todos los viajeros iban sentados contemplando con satisfacción y ensimismados los *praos* y todo cuanto podían divisar.

Sin embargo, cuando llegó a la ciudad pronto se decepcionó. Ya la primera noche en la posada, las pulgas que pululaban en el colchón le impidieron dormir.

La vecina seguía leyendo las cartas de Manolín… pues su pobre madre no las sabía leer.

Y los días de niebla gris y fantasmal… cuando aquellos jirones helados avanzaban desde las montañas, enredándose en el aire, la sombra del rostro de su madre se anticipaba a la caída de la tarde.

En el pueblo su madre decía:

—Hoy sí que vendrá —musitaba.

Al día siguiente volvía con el mismo tema y, con esperanza, repetía:

—Hoy quizás ya habrá salido pronto por la mañana de Bilbao y esté ya muy cerca de Sajambre.

—No, no… si fuera cierto, a estas horas por el desfiladero de los Vellos hay tanta niebla —le decía la vecina y añadía—. Hubiera querido venir enseguida el pobre Manolín, y cuando el taxista vea las rocas… hay que ser muy valiente para meterse por esa carretera de los Vellos y con esas curvas.

—¿O sea que no vendrá? —preguntó la triste madre.
—Pues como que no —le dijo la vecina.

La madre agarró las cartas, las rasgó, temblándole las manos mientras lo hacía, y las lágrimas comenzaron a caer de sus tristes ojos entre los papeles troceados, formando manchas redondas en las que la tinta se diluía y borraba las palabras.

—¿No vendrá, vecina? —comentó la *rapaza* para que no se hiciera ilusiones.

Pero el día que venga, que ha dicho en la carta que venía por Asturias, y vea el cartel en el puente gravado en la roca en los Vellos con el nombre de la provincia de León, le saltarán las lágrimas.

—Es cierto —afirmó la madre—, y saber que ya casi está llegando.

La *muyer* que calzaba las madreñas en Pío de Sajambre, que era el calzado que usaban, aprieta las piernas, camina de puntillas y se lleva las manos al vientre; aprieta la zona de su pubis. No va a llegar al cuarto de baño, que está nuevo porque lo han terminado de hacer. Se le escapa un poco en la braga. Aprieta más su sexo con las manos y se le vuelve a escapar algo más, suda y lo pasa mal mientras avanza por la escalera; por fin llega al cuarto de baño, abre las piernas, se sienta en el retrete y por fin hace sus heces tan líquidas. Se jura a sí misma no cenar tanto. Todo era fruto de la ansiedad porque no venía su *jiyo* de Bilbao.

Desde la cordillera se apreciaba el maravilloso pueblo de Pío de Sajambre con todo su esplendor.

En una alegre mañana que el día daba por los altos del cielo, apareció por la cuesta Manolín conduciendo un Seiscientos. Su madre temblaba de alegría. Se personó con el pelo engominado, una chaqueta que seguramente había heredado de algún vasco y una corbata mal anudada que le daba un aspecto de *rapaz* noble.

—¡Pero bueno! ¡Si traes un coche y todo! ¿Cuándo sacaste el carnet de conducir? No me habías dicho nada.

El *rapaz* sonreía muy feliz y satisfecho por su logro

—Al fin aquí, mamá, estos días se me han hecho tan largos. Las pocas nubes que había por el cielo desaparecían hacia el hermoso pueblo de Vierdes.

—¿Cómo te encuentras? Déjame verte —le decía por la ventanilla que tenía bajada del coche—. Estás muy guapa. Cuéntame, tenemos tanto de qué hablar… madre, me siento mal por irme del pueblo.

—No tienes nada que reprocharte. Anda, aparca, cámbiate y salimos a pasear; tengo muchas ganas de volver a pasear por el pueblo contigo. ¿O prefieres que haga café de puchero, del que tanto te gusta, y comas unos *sequillos*?

—Me cambio a toda prisa y salimos, o tal vez contigo no; primero como un par de deliciosos *sequillos*.

Su madre sonreía llena de dicha.

—A mí también me apetece tomar el aire del pueblo.

Nada había cambiado de sitio; cada roca, cada *prao* y cada casa seguía en el lugar que recordaba.

Fue una larga caminata con su madre, en la que le contó su triste vida por Bilbao.

En la cocina se divisaba la silueta de un dedal y una aguja con hilo rojo. Su madre había estado cosiendo como siempre.

Subió a su viejo cuarto, donde su madre había estado quitando unas telarañas con el escobón de brezo. Las contraventanas debían llevar mucho tiempo cerradas; el cuarto olía a humedad y apenas entraba luz.

—Siento por todo lo que te he angustiado, madre.

—En absoluto, ¿cómo puedes decir eso? Cuenta conmigo y si te puedo ayudar en *daque* más. Y dale un abrazo enorme a tu casera en cuanto llegues de mi parte.

—Lo haré, madre. Y me da pena tener que marcharme tan deprisa, madre, y no tener la oportunidad de disfrutar más del pueblo y de sus gentes.

—Voy a escribirte una carta esta misma tarde para que te llegue lo más rápido posible —comentó su madre con un mohín de tristeza.

No estuvo más que el fin de semana.

10

La pobre *muyer* cruzó la fuente del Pindal con la mirada fija en los *rapaces* que jugaban al *cascallo*, muy entretenidos y armando mucho bullicio. Sacó el pañuelo y se limpió las lágrimas que fluían de sus ojos.

El joven *ome*, en la cocina de su casa, estaba con un brazo apoyado en el *escaño* y la mano en el mentón de su rostro. No entendía nada de nada y se levantó para echar unas astillas en la lumbre.

Preparó la fiambrera con la comida y media hogaza de pan. Los perros pastores corrían y ladraban detrás de las vacas y de los vecinos. Se encontraron con nidos de cuervos y otras aves. Su esposo partió para la cantera de Paniellas, como cada día, a trabajar. Una fina neblina, sin cuajar, ascendía por el cauce del valle de Llaete. Cuando regresó a casa, el reflejo de la nieve se colaba por entre las ventanas.

El pobre *ome*, por la tarde, cuando regresó, colocó su zamarra detrás de la puerta donde dejaban los abrigos y las madreñas embarradas.

Su *rapaza* preguntó:

—Papá, ¿qué utilidad tiene una cantera? La maestra aún no nos lo explicó.

Había una crispa sobre el valle de Sajambre que gratificaba hacia el norte. Inmediatamente cayó una terrible tormenta.

Pacho la observó con una oquedad, como quien se mete en una depresión terrible…, con un temblor de voz, traslucido de sorpresa y satisfacción.

—La cantera es de piedra natural, debe ocupación y se encuentra al aire libre, donde albergaban rocas muy grandes que se pueden utilizar para el sector de la construcción, la industria o la realización de piezas ornamentales.

Su padre comenzó a enrollarse un poco al tratarse de su trabajo y su *jiya* escuchaba con mucha atención. —Hay diferentes tipos de canteras que se diferencian por el tipo de piedra que se extrae en cada una de ellas; por lo tanto, cada tipo de piedra tiene su propia cantera de extracción.

Es importante saber qué tipo de piedra se quiere utilizar para la realización de un proyecto de construcción, ornamental o industrial, ya que, dependiendo del tipo de piedra que se desee, se deberá escoger una u otra cantera diferente. Hay canteras de granito, de calizas, de arcillas, de pizarras, etc.

★★★★★

Ya había nieve, la primera nevada del invierno. La gente iba *de palando* para poder caminar por los caminos.

Por la tarde, cuando regresó, colocó su zamarra detrás de la puerta donde dejaban los abrigos y las madreñas embarradas.

Las rocas y los áridos son las piedras más comunes que se extraen de una cantera. Él negó categóricamente con la mano derecha, pasó su gorra de pana hacia la derecha de la cabeza y le hacía sombra sobre su ojo derecho.

Los cazadores parecían enajenados, subidos a sus caballos, disparando a diestro y siniestro, perdidos por el bosque.

Añoraban a su amigo de Bilbao… a Manolín tenían muchas ganas de verle. Y, aunque Manolín, en las cartas que escribía a su madre, enviaba abrazos y recuerdos para todos, le añoraban muchísimo en el pueblo.

Las aves dejaban, con los tiros, una estela de plumas y sus alas braceaban frenéticamente.

Entre los helechos y los árboles, que estaban a los bordes del camino, se formaban gotas microscópicas de rocío que brillaban como el mercurio.

El día fue muy alocado; casi hubo más heridos de *omes* que de perdices, pero el agua no llegó al río.

María Jesús le entregó a su padre la escopeta, que pesaba mucho, y las aves muertas. Algunas veces actuaba como un *rapaz* por su actitud cinegética. Era una *rapaza* auténtica, grandiosa.

Los cazadores disparaban de derecha a izquierda con cartuchos muy fuertes. Había uno, entrado en años, que tenía el pelo completamente canoso, con aquel chaleco siempre sempiterno.

Había zonas en lo más profundo de los bosques, como la umbría, esa zona de las laderas en la que apenas llega el sol. Esas vertientes, que por su orografía quedan separadas, permanecen siempre aisladas.

A la mañana siguiente, Pacho y Gabiel ensillaron sus caballos y fueron a visitar la linda de Verrunde.

—En el caballo, detrás de mí, está claro. Se lo pasará bien. Solo tienes que agarrarte fuerte, querida…

El *ome* era un buen jinete, si bien le apasionaba montar. El joven estaba cómodo y correctamente sentado en la silla, sostenía las riendas con seguridad y sabía mantener el caballo tranquilo junto a su acompañante, para hablar con su esposa de vez en cuando.

Se sentaron debajo de un roble a descansar.

La luz de la luna creciente proyectaba sombras en el exterior de la casa. Pío de Sajambre lucía bellísimo.

Él se sentó en el *escaño*, el banco que había construido con sus propias manos. Las sombras tenues se estremecían, produciendo una sensación de vida. Descansó la cabeza sobre el arrayán que sobresalía por los lados y se dispuso a pensar. La luna navegaba segura por el alto cielo.

Había sido un día muy largo. Se hallaba confusa, sin saber por qué. Su marido estaba ya dormido bajo el cielo alto.

★★★★★

En el pueblo, las cestas de madera eran hechas a mano, junto con las madreñas. Los días de diario todo el mundo las calzaba. Las cestas estaban llenas de verdura y huevos. En las cocinas, la leche recién hervida en los grandes cazos de porcelana de color rojo.

Todo era un primor. Lo bueno era cuando hacían el rico queso. Se añadían a la leche unas gotas de cuajo para que fermentara, y, una vez fermentado, se ponían a secar en una repisa en los altos de la cocina, en botes agujereados para que fuera saliendo el líquido.

El queso, una vez sacado de los botes, secaba en hojas de castaño para comerlo más tarde y ver cómo los *rapaces* lo comían con buenos mendrugos de pan.

Llenó el tazón otra vez hasta el borde y lo puso delante de ella, que comía con gran apetito pan sobre el cual había extendido el queso, tierno como la mantequilla. También les gustaba mucho el queso azul, tipo de cabrales. Entre bocado y bocado tomaba un trago de leche, que era tan rica que al beberle quedaba la marca blanca en los labios, y disfrutaban mucho con aquellas ricas comidas tan naturales.

Había muchos sitios donde llevaban las vacas a pastar. Llevaban la leche en un recipiente llamado *el vallico*. Estaba hecho de piel de cabrito; también se utilizaba para hacer mantequilla, queso y cuajada.

Sentía el sonido gutural de los cazadores, apostados en los confines de la calva que había en el bosque, allí entre las sobras de tantos añosos árboles.

Pacho tuvo, pues, que salir al romper el alba, dando diente con diente, con su rocín en la mansa, y siendo blanco de las bromas de los cazadores, porque iba vestido de modo bastante impropio para la ocasión, con pantalón tejano y camisa blanca.

Los animales corrían a refugiarse al sentir el ruido de los cazadores, como los humanos se escondían a la sombra entre faena y faena.

Había todo tipo de animales salvajes: lobos, zorros, osos, jabalís, etc. La luna de aquella noche de enero semejaba un disco de plata bruñida colgado de una cúpula de cristal azul algo oscuro; el cielo se ensanchaba y se elevaba por virtud de la serenidad y transparencia, casi boreales de la atmósfera.

Caía una fuerte helada sobre el valle. Un disco en el aire se formaba como finísimas agujas que lo oprimían todo, formando un velo blanco helador.

Entrado el otoño, cuando se iniciaba el celo de las hembras, los buitres, una vez cogían el animal e iniciaban el vuelo, mostraban sus enormes picos. A la caída de la tarde gris y adustas tardes invernales, cuando la hoja seca de los árboles se arremolinaba danzando y las nubes densas y algodonosas pasaban lentamente ante los cristales de las oscuras ventanas, allá, en la casa a lo lejos, se oía el perpetuo sollozo de la raposa, y chirriaban los carros cargados de tallos de maíz o llenos de madera. Nunca escuchaba con atención.

★★★★★

Era un día de maravilloso sol. Las vertientes, surcadas por los ríos y a las faldas de sus Picos de Europa, se veían no muy lejos, con las casas de madera y pocos habitantes. Todo tenía gran interés; por su orografía, quedaban en sombra.

Los *omes* salieron a por leña, cargados de hachas y cuerdas. Ya iban por el camino de la Guaricia. Uno de ellos cogía las ramas recién cortadas con destreza, asegurándose de su estabilidad. En su rostro duro irradiaba felicidad por todas partes.

Se veía una cara subiéndose por todos lados detrás de lo que parecía ser un fino cristal.

Él pasó rápido de su caballo, que para nada estaba cansado y relinchaba con garbo al pasar por los charcos, deseoso de galopar. Aquel marido, en las cuadras con el ganado, se sentía dichoso, pero en los *praos*, cuando sacaban las vacas, se sentía más bienaventurado todavía.

La temperatura era muy buena; era un valle soleado todo el año, quitando los dos meses de diciembre y enero.

—No te creo. ¡Hablabas con tu amante! *Ayer noche* te vi con uno. —¡Qué imaginación tenía!—. ¡Ah, esto empieza mal! —le indicó irónicamente él.

—Yo solo tengo una navaja que lleva toda la vida queriendo apuñalar. El día que lo haga, acabará contigo —le dijo la pobre *muyer*, armándose de valor y enseñando la pieza de metal.

—¡Ahora entiendo por qué no me deseas! ¿Por qué eres tan engreída? —dijo él.

La pobre *muyer* comenzaba a alucinar. Aquellos comentarios nefastos le sacaban de quicio.

Ajena por completo a todo cuanto pasaba en el mundo, vestía su remendado mandil y, entre cazuelas y sartenes, se arremangaba y lo hacía todo en un santiamén.

Las comidas le salían riquísimas, con muy pocos ingredientes. Era astuta, capaz de escuchar el medrar de la *yerba*. Ella y todas las *muyeres* escuchaban las radionovelas mientras faenaban y canturreaban las canciones de moda. Algunas no tenían baño y vaciaban los orinales por las ventanas; después lo limpiaban con un cepillo de raíz y con agua con lejía.

Aprendió a mantener su gallardía estando callada y sumisa, como si su rutina fuera el único vínculo con la vida real. En aquel hogar no existían las caricias ni los abrazos. Desgraciadamente.

★★★★★

En el pueblo había mucho bullicio. Los *rapaces* del pueblo, por las tardes, salían a jugar al escondite y al *cascallo*; todo reinaba en una buena alegría.

Milia suspiró aliviada cuando, cerca de su casa, divisó gente que venía a observar los Picos de Europa y sacar fotografías. Aquella tarde, su esposo estaba muy impertinente. Así él la dejaba en paz.

★★★★★

También iban casi todos los vecinos de la comarca a Oseja a la feria el día 24 de octubre. Había ganado, gastronomía y mucha diversión… Todo eran risas y jolgorio. El ganado lució bien hermoso. Se oía el mugido de las vacas y el sonido de los cencerros.

En ese mes cortaban el maíz e iban a por castañas, avellanas y nueces.

★★★★★

Era mediodía del mes de julio; era una fulgurante cúpula azul sin una sola nube. Un olor, mezcla de muchos, llenaba el aire cálido. Avanzaba y retrocedía a oleadas muy lentas, sin que se supiese con exactitud de dónde venían ni por qué.

Se encendieron las luces de la cocina. Era su suegra, que se había levantado, encendido la luz y preparado café. Entró en la modesta cocina y dijo:

—Hace una mañana preciosa.

Y un haz de luz se esparció mientras el sol brillaba ingrávido y solemne sobre la casa.

Milia jamás tuvo nadie una mirada tan purísima, una expresión tan triste, delante del espejo de luna mientras se peinaba, muerta de sueño.

El peso de la mochila que llevaba colgado al *llombo* obligó a la *rapaza*, que iba en dirección a la iglesia de Santo Domingo, a descansar varias veces. Encendió unas velas a Santo Domingo y, mientras lo hacía, brotaron de sus ojos un par de lágrimas. Le implora al Dios del cielo que le dé suerte en la vida y, mientras lo hace, introduce en la limosnera un par de monedas.

Su suegra había hecho la colada y la tendía en el tendal. Se disponía a tender una sábana. La colada le quedaba muy blanca con el agua de Pío de Sajambre. Mientras sacudía la prenda, la sujetaba con un par de pinzas.

★★★★★

Lobo, el perro, la observaba con atención. Bajó los ojos turbios hacia sus manos y los volvió a alzar. ¿Qué veía? ¿A quién veía? Ella, que era tan lista, pensaba que estábamos presos de los ojos: «Todos, hasta los perros, que tienen tanto olfato». No es raro que vivieran en la era de la imagen. Lo reducimos todo a imágenes.

Al día siguiente, muy de mañana, la gente se levantó para preparar el desayuno. Se dirigió con el ganado hacia Verrunde, una de las montañas más famosas de los Picos de Sajambre.

Las montañas parecían estar muy próximas, como si pudieran alcanzarse con la mano.

12

Algunos animales pequeños ya habían abandonado las cuadras del pueblo y vagaban por las zonas de los *praos*, cercanos a las casas; los vecinos señalaban el ganado y Pacho asentía con la cabeza. Un camión se aproximaba y unos *omes* rodeaban una valla donde se encerraban unas vacas. Por esa razón, había ordenado a los vecinos que reunieran a los animales y los llevaran a la montaña, lo que era un proceso fatigoso. Sin embargo, con los nuevos perros pastores, la tarea se concluyó pronto. Desde allí, la lontananza era perfecta para otearlo todo.

Era como un amanecer color de rosa: el mugido del agua cayendo sobre las rocosas corrientes en el dintel de los Picos de Europa.

Estaban en un lugar muy rocoso y se apartaron de aquel sitio, internándose cuesta arriba en las frondosas arboledas de castaños y robles. Por trochas escondidas caminaron en silencio, uno en pos del otro. Al fin, llegaron a un delicioso paraje donde manaba una fuente oculta entre espinos y árboles. Se sentaron. Pacho sacó de la profundidad de su macuto una fiambrera con tortilla de jamón, chorizos y un pedazo de queso, todo envuelto en muchos papeles de periódico, pan y una botella de vino. Todo ello lo exhibió con sosiego ante los ojos atónitos de sus vecinos. Hizo la señal de la cruz, rezaron un padrenuestro y se pusieron a comer en silencio. El sol descendía rápidamente hacia el ocaso. Sobre sus cabezas, el cielo estaba muy despejado.

Al día siguiente, muy de mañana, las *muyeres* se levantaron para preparar el desayuno…

Pacho había tardado mucho en conciliar el sueño y se encontraba reventado. Le dijo a su *muyer* que le preparase un café bien cargado con achicoria, le diera un optalidón y una tableta del *Calmante Vitaminado*. «*Vivir sin dolor*», pues le estallaba la cabeza y todo por aquella malvada carta que había llegado del juzgado, que no era capaz de entender. La llevaría a la maestra del pueblo.

Ella renegaba de su marido y le culpaba de la maldita carta desde el día en que llegó el cartero con ella desde Ribota. Le miraba con necia sonrisa, como de odio. Desde entonces, se había quedado inmóvil, sentada en un *tallo*, silenciosa, muerta de miedo y de nostalgia: la vida para ella era fea y sucia, y se sentía pequeña y débil, una pobre *rapaza* que temía asfixiarse en medio de un mundo muy grande. Se había subido por la escalera, entró en su cuarto, se había desnudado y puesto un camisón bien grueso de franela. Bostezó con un movimiento de mandíbula, abriendo mucho la boca.

Su esposo pronunció un sinfín de vaguedades:

—De tal real… me abrumas.

Pobre Milia, qué calvario tenía… Se sentía indolentemente infeliz. Aquellas palabras banales le irritaban, sacándole de quicio. Cuando regresó a su casa, parecía tener mejor ánimo.

Aquel día, la niebla había llegado pronto desde las montañas. Era una niebla húmeda que lo iba cubriendo todo poco a poco, sin ruido, implacable, borrando primero el horizonte y luego los *praos* tan verdes, y los fornidos árboles.

Su marido espoleó y acarició su caballo y se encaminó a trote largo hacia los picos más altos de Verrunde, desde donde se divisaba una gran belleza. Para comer, sacó unos chorizos envueltos en papel de periódico y los cortó con la navaja en finas lascas. Y, de esta guisa, estaban riquísimos; además, picaban un poco, como a él le gustaban. Bebió una Fanta directamente de la botella; aquel día no le apetecía vino: ya sentía las típicas náuseas de los alcohólicos.

Verrunde era un valle situado en lo alto del pueblo; desde allí, siempre atacaba el *cierzo*. Era una neblina fría y muy húmeda; lo mismo pasaba por las tardes en Pío de Sajambre.

Iban a ver el ganado. Las tierras se oteaban, bien aradas, dispuestas para ser cultivadas, sin nada de *moruxa*. Hacía muy buen tiempo y la cosecha prometía ser maravillosa.

Él se ocupaba de destripar los terrones de *yerba* con sus propias manos, con la destreza que se adquiere a través de miles de generaciones.

Las estacas de madera, que servían de encierro para el ganado durante el invierno, se habían roto.

Había nevado y helado muchísimo; se cortó el paso con el puerto del Pontón, la garganta río arriba de Caín. Este pueblo está perdido en su salvaje aislamiento. El correo y el pan, que por otra parte solo llegan con porteadores provisionales. En cuanto a la garganta río abajo, es inservible narrar: es una grieta en la roca, sobre la que trepa un camino de cabras y que domina las más altas torres del macizo, ya que, cerrado, el rey de los Picos de Europa cae sobre este desfiladero grandioso. Siguieron durante una hora esta cornisa abrupta, presurosos por dejar la tierra bendita, como de costumbre en ese hermoso día. Luego regresaron al pueblo.

Incluso los *omes* pronto empezaron a jadear. Por otra parte, también los tres meses de invierno habían menoscabado la condición física de los trabajadores más fuertes. Así que el camino no solo se fue haciendo cada vez más empinado, sino también más peligroso.

Durante la tarea, no permitieron en ningún momento que el rebaño de vacas se esparciera. En cuanto este se puso en movimiento en la dirección deseada, los perros se sentaron en el suelo y quedaron al acecho por si alguno de los animales se separaba de la camada. Si esto sucedía, el perro pertinente intervenía al momento.

Preparó la fiambrera con la comida y metió media hogaza de pan. Los perros pastores corrían y ladraban detrás de las vacas. Se encontraron con nidos de cuervos.

Se sentía la noche cerrada; iban a cenar. La comida estaba encima de la *trébede*. Su marido aparecía con bastante frecuencia en la cocina a pedir vino. Bebía sorbos con ansia del buen vino.

En la cocina, limpia y brillante, amueblada con dos típicos *escaños* de roble alrededor de la *trébede*, de abajo, venían muchas personas. Ellos se sentaron en un *escaño*, los vecinos en otros, y el señor cura se sentaba en medio, a caballo sobre una silla, frente al fuego. Los concurrentes los miraban de reojo con curiosidad de feria: debían conversar entre ellos en su lengua, con gran alegría, de nuestro anfitrión y sus invitados, que se turnaban sobre el famoso *escaño* para tomar parte en esta maravillosa fiesta.

No cabía duda de que Pacho era uno de los mejores ganaderos de Pío de Sajambre, cuando no de toda la zona. Sin duda, los animales criados por él destacaban en cualquier tipo de feria.

Se puso en movimiento en la dirección deseada, hacia los altos. Los perros, que iban fatigados, estaban al acecho por si alguno de los animales se separaba del grupo. Si esto sucedía, el perro pastor intervenía al instante. Silbó a los perros. Las vacas respondieron. Estas, en invierno, corrían casi libres por las montañas. No era fácil que algo acabase con ellas. Estaban en el paraíso de los rumiantes.

★★★★★

Regresó corriendo, unos minutos después, con la bata medio descosida y los bajos arrastrando.

Ella no salía de la habitación; observó desde la ventana que un hilo de luz se filtraba por la ventana del soleado cuarto.

Vestida con su bata y su mandil, estaba junto a la cocina encendiendo la lumbre. Se había amarrado el pelo, que ya comenzaba a escasearle y le tenía con muchas canas. Su marido le acarició el pelo y el rostro, pero ella seguía impune, sin reaccionar. Él hizo el amago de besarle en los carrillos, pero ella le rechazó.

Su esposo le dijo que no se enojase así con él, que no le guardase rencor.

Aquel *ome*, siendo trabajador y honrado, tenía todo su camino abierto hacia el éxito en el pueblo. Parecía mentira que tuviera problemas.

Ella sentía que habían mancillado con dureza su débil corazón. Sentada en el *escaño*, comía desganada, separando la carne del hueso del sabroso cabrito guisado.

Tenía la barba tan tupida que un mosquito podía caminar por ella.

★★★★★

Corría el año mil novecientos sesenta. Ya no se veía nieve en las cumbres de los Picos de Europa, bajo el sol despeinado de mayo.

Entró en el gallinero. El gallo estaba apareando, colocando su cloaca sobre una gallina. Giraba la cabeza y se picoteaba los granos. Era un animal grande y estaba bien gordo.

«Qué poco te queda de vida para llevarte a la pota o a la tartera y hacer un rico guiso», pensó para sus adentros la señora, que estaba echándoles la comida y recogiendo los huevos en un pequeño cesto de madera de avellano, hecho a mano. Un árbol que estaba para darles sombra hizo que el ambiente fuera divino.

★★★★★

A mediados de junio, las cebollas ya estaban bien crecidas junto con las patatas. Comenzaron a sacar las vacas a los altos *praos* y hacer la *yerba* seca, un trabajo muy tedioso, especialmente si el tiempo no acompañaba. El verano siguió su curso y con él llegó el otoño. Aprovecharon para ir a por leña, cortando robles, encinas y arbustos…

La vida rural no entendía el día a día; espacios cerrados. Todos los días eran iguales para los vecinos.

Uno de los vecinos que cuidaba las vacas se sentó sobre una piedra y grabó un cayado de madera de fresno a punto de navaja: ensayaba hasta conseguir silbidos de aquella hermosa caña. Después, almorzó un ovíparo desayuno y fumó un enorme cigarro que él mismo liaba; era un experto en eso.

13

Al día siguiente fueron a León en el coche de línea; tuvieron que hacer varios trasbordos. Todo eran continuas curvas, especialmente al pasar por el puerto del Pontón. Unas paisanas se mareaban y llevaban unas bolsas en las manos para poder vomitar, con medio brazo sacado por la ventanilla del coche de línea. Aquellas carreteras parecían longanizas llenas de curvas. Una vez que llegaron a la capital de León, una señora tomó un taxi para ir rápidamente a visitar la basílica de la Virgen del Camino, a las afueras de León. La iglesia era espectacular y acudía mucha gente con ofrendas por enfermedades, como le había sucedido a la pobre vecina; ella llevaba muchos cirios realizados con la cera de las abejas de Pío de Sajambre.

En aquel verano del año 1969, unos astronautas llegaron a la luna. Todo un acontecimiento. La gente no hablaba de otra cosa, y en España, en las casas, no se hablaba más que del Caudillo.

Desde el acantilado, el *ome* tosió muy fuerte; se escuchaba el sonido de las escopetas. La luna estaba presente y brillaba. Se veía una cara moviéndose para todos lados detrás de lo que parecía ser un fino cristal.

El caballo iba a paso rápido, no estaba nada cansado y relinchaba con garbo al pasar por los charcos, deseoso de galopar. Como el sol calentaba, estaba todo lleno de moscas.

Su esposo no era muy alto ni llamaba la atención; era más bien corriente, sin ser vulgar. Sus cabellos eran castaños, sus ojos verdes y su mirada penetrante.

Pero ella estaba terriblemente enamorada de él.

14

La mina americana se encontraba al nivel de Pío de Sajambre. Se accedía a ella por una pista que salía del pueblo de Pío. Se hallaba cerca del cerro de Llaete, entre robles, hayas y acebos.

La mina se instaló por el método de cámaras, en tres niveles, siendo solo accesible el nivel tres. El mineral era transportado desde Pío por dos líneas de quince vagonetas con baldes, tanto de subida como de bajada.

Gabiel salió despacio a trabajar. La dura silueta del minero mostraba siempre el rostro cansado por la larga caminata hasta llegar a la mina. El largo día de trabajo que le esperaba era fatigoso por el duro esfuerzo.

Su esposa se quedó en la cama pensando en él con tal intensidad que la imagen masculina parecía tenerla delante.

★★★★★

Algunos vecinos de Pío fueron caminando a Oseja de Sajambre. Allí compraron aceite, azúcar y algunas cosas más.

Mientras caminaban de regreso, veían el bellísimo valle de Sajambre. Además de llevar una amplia carga y estar cansados, salieron las nubes. Se sentaron en una pared que protegía un prado y comieron un trozo de pan con jamón, que iban cortando en finas lascas, dejando los dedos pringados de grasa.

Al llegar al pueblo, desde una ventana sintieron las cazuelas que bullían en la cocina, el susurro del aire entrando por la ventana y vieron los rayos del sol que atravesaban los cristales. La cocinera estaba con mandil de cuadros, con su encanto tan peculiar.

★★★★★

En un lugar de Oseja estaba Vierdes, que, como decían los rapaces, «si vas, te pierdes». Pocos habitantes había en el pequeño pueblo pendiente, que remontábamos con el caballo. Una señora, que parecía ser la *güela* de todos, tenía un montón de horquillas doradas en su cabeza, que le quedaban marcadas por todo el cabello canoso. La señora era muy alta y llevaba unas medias con vastas ligas que le llegaban hasta las rodillas. Su nuera lo hacía también bastantes veces, al igual que las muyeres de todo el valle de Sajambre. Tenían la misma imagen.

La hermana de Milia se crio en una casita pequeña.

En un bello pueblo llamado Soto de Sajambre, que lindaba con el concejo de Amieva, en el Principado de Asturias, y con el Desfiladero de los Beyos y el término vecinal de Oseja de Sajambre, estaba ubicado dentro del Parque Nacional de los Picos de Europa, a los pies de Peña Santa, que con sus 2596 metros constituía la cumbre más alta del macizo occidental de los Picos. Soto de Sajambre era, sin duda, uno de los pueblos de montaña más admirados del Norte Peninsular.

Sus gentes habían vivido de la ganadería, aunque también del negocio de herramientas y artículos de madera, y de los cereales y legumbres de Tierra de Campos. Actualmente, los pocos habitantes que estaban en activo eran ganaderos o se dedicaban a actividades turísticas y hosteleras. Las tradiciones del pueblo de Sajambre tenían una enorme influencia asturiana, debido a su proximidad.

El concejo de Sajambre también había sufrido, como el resto de España, un éxodo importante de sus gentes hacia América en el siglo XIX, huyendo de las duras condiciones de vida y en busca de fortuna.

Aquellas casas escasas pero resistentes eran de piedra, cubiertas de teja, que resguardaban del frío intenso. Resultó ser un día soleado en tan placentero pueblo; comieron exquisita comida, entre ella no faltaron los sabrosos *sequillos*.

Pacho siempre había dicho que la mina era más que su lugar de trabajo. Era su hogar, su refugio, su mundo entero. Los estrechos túneles subterráneos, con sus sombras danzantes y sus ecos profundos, albergaban más secretos y recuerdos para él que cualquier otro lugar en la superficie. A lo largo de décadas, había visto caras ir y venir, jóvenes aspirantes a convertirse en diestros y veteranos en fábulas. Pero, más importante aún, había encontrado una familia, su única familia, entre esos *omes* y muyeres cubiertos de polvo; una familia unida, no por la sangre, sino por la solidaridad, el sudor y, en ocasiones, las lágrimas.

★★★★★

Gabiel se levantaba al rayar cada mañana, al alba. La niebla se había disipado, tal como el vecino había predicho, y Gabiel estaba dispuesto a seguir trabajando en la mina de Llaete.

Había gente que trabajaba por intromisión y otra lo hacía por tradición familiar, o por coincidencia de padres, abuelos o demás ancestros. Él lo hacía por tradición, ya que su padre también había trabajado allí.

Cogió el macuto y fue a trabajar, como todos los días, a la mina de Llaete, donde extraían el mineral llamado estrato de flúor. Llevaba la camisa desabrochada, dejando ver la camiseta de tirantes blanca interior; tenía las manos grandes, curtidas por el sol, y su rostro estaba muy ajado.

La vida de un minero, como la de todos los mineros del mundo, era muy dura; ponían en riesgo su vida. Había desde momentos más heroicos hasta los más simples y cotidianos. Y, sin duda, existía el amor a la tierra, a la familia, a los compañeros, a la mina, y el dolor, permitiendo que se asentaran otras diversificaciones que dieran empleo al margen de la mina. Las condiciones laborales eran tan duras que había que luchar por mejorarlas.

La mina daba trabajo como única salida para algunas familias. «El tiempo significa peligro; el tiempo, allá abajo en el pozo, no significa vida, significa peligro».

A pesar de ser invierno, la casa del minero se había llenado de moscas, lo que no anunciaba un buen presagio.

Decaía ya el otoño. El sol se dispersaba y empezaban a caer las hojas, y el frío se asentaba sobre sus cuerpos. El viento movía los árboles de diversos colores, sobre todo el ocre, diciéndoles adiós. Los vecinos cortaban las ortigas y los espinos en los *praos* y tierras.

Su suegra era retorcida y ambiciosa; lo quería todo para sí. Tenía los ojos hundidos, dándole un halo de misterio y belleza. Su cabello era ondulado, negro como el carbón, y le llegaba más abajo del *llombro*; menos mal que lo recogía, si no llenaría la casa de pelos. En ocasiones llevaba una pañoleta negra atada al cuello, que parecía el cuadro de la Sibila pintado por Velázquez, instalado en el Museo del Prado de Madrid.

Nunca daba puntadas sin hilo. Siempre se sentaba en la mecedora a hacer punto. Decía estar enferma, cogía la mecedora y la llevaba por toda la casa, al borde de su cama. Tenía una austeridad casi ofensiva para con los demás.

★★★★★

Las muyeres lavaban la ropa en las fuentes con el jabón que ellas mismas realizaban, y el agua salía llena de espuma, corría por los regueros y dejaba un olor muy agradable.

En el pueblo de Ribota estaba la silueta de un compañero de caza de Pacho; tenía el rostro cansado por el largo camino y por el largo día de viaje desde Pío. Tenía una sonrisa ancha. Miraron el bellísimo valle bajo el radiante sol, se sentaron y comieron un mendrugo de pan. El *ome* silbó y de pronto vio cómo su *muyer* atusaba los cabellos, como si tratara de arrancar los de la nuca.

Los niños tenían piojos; las madres les echaban Zeta Zeta y les restregaban el cabello para quitárselos. Para combatir la anemia les daban aceite de hígado de bacalao en jarabe, una cucharada sopera en ayunas. Los *rapaces* espabilaban que daba gusto.

La suegra de Milia estaba agachada por lo cheposa que caminaba. La miró de medio lado, la volvió a mirar y luego ya de frente. Le acarició el rostro bello pero ajado, lo cogía con ambas manos; tenía los dedos quebradizos y desnudos por la delgadez y el paso de los años.

El señor cura era un viejo enviado de León para toda la parroquia de Sajambre, con la mejor reputación de la diócesis.

Pacho deseaba deshacerse de todo tipo de pecados. Fue tan buena la suerte que recibieron a todos los vecinos con su hospitalidad en la iglesia.

Pidió que le hicieran una especie de cobertizo que sirviera de leñera, almacén y cochera, y para convencerles les prometió un mejor futuro para el pueblo, con lo que todos los vecinos aceptaron.

Decidió, refunfuñando, llamar a su ama, honrada con el nombre imperial de Dolores, que le atendía en todo. Era su criada. Quisieron subir por la escalera de piedra con los peldaños pulidos por el desgaste y, en uno de ellos, resbaló. El torpe del cura cayó sobre sí mismo y gritó con voz estridente:

—Pienso que me engañáis, pretendidos ingenieros de montañas, que ni siquiera podéis entrar en mi casa.

Abajo, la pequeña cocina, estrecha y ahumada, transmitía todo tipo de olores, incluido el de las sotanas sucias colgadas en puntas; un montón desordenado de judías, patatas, jamones y huesos podridos se apilaba al azar frente a una cama rústica. Al fondo, la habitación del cura, que no se veía por ningún lado… Aquel *ome* decía que no tenía nada para cenar, así que enviaron a buscar patatas y chorizos.

★★★★★

Las *rapazas* se reunieron, luciendo sus faldas azules y verdes, bordadas de rojo, a cuadros o rayadas, y vistosos echarpes cruzados; medias pardas o verdes, madreñas combinadas con zapatillas, pañuelos de cabeza colgando como una trenza. Eran jóvenes, casi niñas, la mayor parte casadas, o eso decían ellas. Con el diablo en el cuerpo y sobre todo en la lengua, estas pequeñas maldecían el universo creado, sin excluir a su vecino el marido. No era preciso decir que nos ponían la mesa. Entraron en la cocina y se sentaron sobre un gran *escaño* de roble junto a la chimenea. De pronto, Milia les indicó que bajaran la cabeza un poco, después mucho más; obedecieron servilmente; un viento pasó sobre sus frentes.

La cocinera había encontrado recursos inesperados, y la cena fue abundante, sin la repugnancia de la suciedad y, sobre todo, sin los condimentos verbales del marido. El viejo palurdo no cenó al atardecer, pero los acompañó para hacer indicaciones descorteses sobre la manera de comer. Se retiraron inmediatamente después de cenar, pero el insoportable charlatán continuó conversando con nuestros *omes* hasta una hora intempestiva y, cuando se decidió a ir a dormir, pasó la noche entera tosiendo con un estruendoso catarro.

De Baldeón a Sajambre, el camino hacía curvas entre los verdes mamelones de la cordillera: bosques, *yerba*, brezos, cimas redondeadas o jorobadas, afloramientos de agua erosionando la pizarra, desnudas; un buen hedor a montaña y paz por todas partes. Se dirigieron hacia Pío de Sajambre, remontando el largo camino de suave pendiente con el caballo de Pacho, que hacía de guía.

Más lejos vieron carros, esos bonitos carros asturianos de Baldeón con llantas góticas, que cruzaron rechinando y traqueteando. Después, el camino giraba a la izquierda en dirección al Pontón, y a la derecha se elevaba un sendero escarpado bajo el bosque hasta Pan de Ruedas, abierto en el ramal de enlace entre la cumbre de los Picos de Europa y Peña Bermeja.

Sobre la vertiente occidental la niebla se desgarraba y una cresta inmensa, uno de los picos de la cordillera, apareció entre los claros; poco a poco la luz invadió el valle. Un circo maravilloso de gracia, de color y de encuadres: todo tipo de montañas, praderas regadas, bosquecillos en tierras cultivadas, bosques o rocas en las alturas, gargantas sombrías por aquí, rocosas por allá; un país acaso más pintoresco que la Liébana y Baldeón. Era el valle de Sajambre. Montados sobre sus caballos, con él al frente, subieron las revueltas de la carretera del Pontón. Una cornisa en un primer afloramiento calcáreo dejaba ver Oseja, el principal pueblo del valle… La gente era tan especial por aquellas tierras.

Atravesaron Oseja de Sajambre hasta Ribota de Sajambre, el pueblo más bajo del concejo. La carretera era pésima. Vieron la extraordinaria cascada, cómo fluía el agua desde arriba chocando contra las rocas: una preciosidad. Un lujo disfrutarla en pleno corazón de los Picos de Europa leoneses.

Se trataba del Salto de San Pedro y, según contaba la leyenda, prácticamente solo se podía disfrutar de ella cuando había fuertes lluvias.

A una corta distancia del pueblo se abría como una boca estrecha entre enormes rocas, el desfiladero de los Beyos, una carretera con muchas curvas peligrosas.

Al cabo de un tiempo escucharon los sonidos de cencerros de vacas. Descendieron a buen paso. Les contaron la verdadera historia de la carretera del Sella: se terminó sobre la parte de Oviedo hace unos años; ya hacía tiempo que se trabajaba en ella.

La gente se quedó con la boca abierta.

★★★★★

Estaba arando las tierras. Les daba con el látigo en la quijada. Mientras araba, aferraba sus manazas al hierro oxidado. Parecía como si se fuera a escapar el arado, a la par que sacudía a los animales…

Docenas de buitres descendían por aquellos montes. Parecían anunciar la muerte. En lentos círculos volaban entre las nubes.

Milia regresó de «Allá Medio» con agua de la fuente, cargada como una mula con dos cántaros de agua, uno en la cabeza y otro en la mano. No sabía cómo reprimir las lágrimas de amor que le anegaban el pecho… Se dispuso a bordar, medio en la penumbra, seguramente esforzándose en que no cayeran de sus ojos las lágrimas del temor a otra noche de tortura. ¡Era una *muyer* tan vulnerable y él podía hacerle tanto daño!

Se acostó en el *escaño* y se quedó dormida. Había tenido un sueño. Su pensamiento amoroso le punzaba el corazón cual alfileres punzan la tela…

★★★★★

La suegra, retorcida y ambiciosa, lo quería todo para sí.

Desde el piso de arriba se exponía como el sol, cuando estaba entero chapado de pan de oro.

En la casa parecían manchas en la pared de humedad, como si fueran sonámbulos, y vagaban de un lado para otro por mucho que se limpiaran…

Otra vez la *muyer* se mesa los cabellos como si tratara de arrancarlos. Tenía esa manía. Se calla, queda en silencio, reflexionando sobre sus cosas. El sol oculto tras la niebla, aquel frío tan húmedo, parecía taladrar sus huesos.

Precioso y dorado por el escaso sol del invierno, como una sábana limpia, podía tasar el viento que se desplazaba desde los Picos de Europa, y así, de esa guisa, era como se topaban con el maravilloso pueblo de Pío, que tenía un mar verde de *yerba* a punto de ser segada para más tarde ser secada. Las vistas eran impresionantes hacia el valle de Sajambre y del río Sella. También se apreciaban algunas de las cumbres más emblemáticas de los Picos de Europa, como Peña Prieta, Peña Negra y el Mirador los Porros.

Al igual que el anterior, se encontraba en la Senda del Arcediano, en el camino viejo que unía Oseja de Sajambre con Soto de Sajambre. No solo desde el mirador se obtenían unas vistas espléndidas; todo el recorrido era espectacular.

Desde el Mirador de La Pica, llegaron a la Cueva de Buseco, tan profunda y húmeda. Aquella cavidad natural del terreno estaba causada por la erosión de corrientes de agua.

Era apropiada para servir de cobijo a animales y, en ocasiones, para las personas.

★★★★★

Empezó a despuntar el día y la claridad entraba por la ventana del cuarto. Milia vio los apretados bosques y las enormes montañas desde la ventana.

La belleza de Milia era deslumbrante.

Ni durante el verano aquellas fuentes en los pueblos dejaban de fluir agua. Decir además que era campechana, trabajadora y muy inteligente. Sin embargo, su marido era tonto perdido; eso sí, algo ya mofletudo por los años y los kilos, no paraba de darle a la jarra del vino tinto traído de Tierra de Campos.

Casi todo lo que se alcanzaba a ver era zona fértil. Aquellas fuentes tan naturales, en pleno mes de verano, no dejaba de fluir agua. El agua de Pío de Sajambre era tan buena en sabor y en propiedades, tanto para los guisos como para el café, así como para el aseo personal diario. Pío de Sajambre estaba a tiro de piedra tanto de Cangas de Onís (Asturias) como de Riaño (León). Respirar el aroma que desprendían las vacas y los caballos era como respirar el aroma de la *yerba* recién cortada.

Es cierto que la desesperación es una manera de negar la verdad. Él no tenía la menor idea de si las cuerdas que había cogido eran lo suficientemente largas, pero las buscó lleno de pánico en las alforjas.

—¡Esto está muy mal! Caerás —le dijo David a su amigo Gabriel.

Antes de que hubiera reunido todas las cuerdas, su primer impulso fue correr hacia el pozo. Nadie sobreviviría a una caída desde tal altura.

—¡Claro que puedo! No caigo —dijo desde un par de metros—. Tenía la impresión de que estabas riendo.

—¡Joder, espera! ¡Deja que al menos te ate! —Pasaron unos minutos y…

Sin embargo, no esperó. No parecía advertir el peligro y no era consciente de que estaba al borde de un precipicio, a punto de caerse. Le encantaban las emociones fuertes. Para colmo, tener vértigo en aquel *ome* le encantaba. Aparentemente, alrededor observó incluso que había crecido bastante *yerba*, que estaba húmeda a causa de la lluvia. Se dejó caer sobre ella sin percatarse de poner ningún cuidado.

Cuando se dio cuenta, el cuerpo del minero yacía inerte en el fondo del pozo. Un sonido como de chocar algo hueco retumbó.

—¡Cago en Dios! —dijo David desesperado al ver a su amigo muerto.

La muerte no tardó muchos minutos en sorprenderlo, tras una caída de casi veinte metros. David intenta cerrarle los ojos. Tenía los párpados pesados, las pestañas muy largas que pesaban demasiado. También le cerró la boca.

¡Qué tristeza! Recordaba las últimas palabras de su amigo con amargura…

Cuando el médico llegó a Oseja de Sajambre, acompañado por Pancho, se acercaron sobre el cuerpo yaciente. El médico cogió la muñeca y buscó el pulso, que por desgracia no encontró, así que certificó su muerte.

—¡Rediez, no puede ser! ¡Más de veinte años de profesión y nunca le había sucedido nada! —exclamó furioso.

David dijo:

—Llevaba toda la vida trabajando en la mina y la muerte le ahogó de golpe. Su vida se truncó.

—Murió el pobre sin la extremaunción —dijo casi inaudiblemente.

El médico afirmó:

—La muerte, a veces referida como fallecimiento, es el fin de la vida. Es un suceso irreversible que resulta del cese de la homeostasis en una persona, es decir, de su incapacidad de utilizar energía para mantener el organismo vivo, con lo cual las funciones vitales llegan a su fin.

Dicen que la muerte mancha, y es cierto.

Al poco tiempo llegó la noticia al pueblo. Las campanas sonaron con toques de duelo. El pueblo quedó paralizado de dolor. Todo se tiñó de luto por aquellos que se van pero que siguen estando entre nosotros. Pasaron casi dos horas.

Cuando llegó la triste e hiposa esposa, le dio dos besos castos en la frente y en las manos y rompió a gritar desconsoladamente. La muerte de su esposo supuso un duro golpe a la señora Milia.

Aquella noche los vecinos del pueblo tardaron mucho en acostarse, y para entonces habían vaciado varias botellas de orujo. Nadie durmió en el pueblo. Al día siguiente, la casa se llenó de gente para dar las condolencias. Mucha gente, lo que pretendía era ser vista, especialmente aquellas *muyeres* robustas y criticonas; algunas iban solo por aparentar. No cesaban de llegar telegramas de Asturias y León, y ramos de flores. Había sido una desgracia muy sonada.

En el cementerio se veían los nichos destacados de las tumbas. Había unos muros bastante grandes, llenos de hiedras. El cielo se enturbió al caer la tarde, imponiendo tristeza sobre el camposanto.

A la mañana siguiente volvieron después de la misa que le habían dado en su memoria a las doce de la mañana. El cementerio estaba lleno de flores, y velas en las lápidas destacaban los nombres: Redondo, Diez, etc., pues se solían casar unos con otros dentro del mismo concejo de Sajambre y así los apellidos no desaparecían nunca. Colocaron en el nicho una buena lápida labrada con su nombre y apellidos: Gabriel Diez Redondo.

★★★★★

En los siguientes días nadie parecía acostumbrarse a la tragedia que había sucedido.

Su muerte supuso un golpe muy duro para Milia.

Para soportar los pésames y todos los demás ritos, costumbres y ostentosas muestras de afecto durante los días siguientes al sepelio, su *jiya* fue el apoyo de Milia durante aquel tiempo.

★★★★★

Milia se cambió de mandil y, al salir de la cocina, cerró la puerta con cuidado, intentando no hacer ruido para no despertar a su *jiya*, que dormía en el piso de arriba.

Los hitos que separaban el pueblo eran pertenencia de Oseja de Sajambre. La gran mayoría de las casas tenían un balcón lleno de geranios; ahí era donde las mujeres tendían la ropa a secar.

Milia lo miró de medio lado, lo volvió a mirar y luego ya de frente. Le acarició el rostro orondo pero ajado, con sus dedos quebradizos, desnudos por la delgadez y el paso de los años.

O sea, que el *ome* sufriera la mitad de lo que ella; sin embargo, ella veía un amor tan sincero como el agua que fluía en el río de Pío. Alzó la barbilla con el gesto hinchado de orgullo; se veía tan vanidoso... Su cuerpo era fuerte, pero hasta los árboles más poderosos sucumben al poder del rayo.

★★★★★

Es el mes de mayo...

Las lluvias abundan y todo se llena de charcos. Los sembrados reverdecen con sus brotes.

La leña en la lumbre crepita una lenta melodía...

María Jesús hace un dibujo con los dedos en el vaho de los cristales. Su madre lee el último ejemplar de la revista *El Pan de los Pobres*.

En la pared hay un taco indicando la fecha actual. En algunos sitios de la casa, el revoque de yeso estaba saltado e iban cayendo las capas por todo el suelo; por lo tanto, había que barrer. Las muyeres hacen ganchillo y tejen. Algunas, además de guapas, saben serlo.

Para Milia, Pío de Sajambre era el lugar donde vivía, donde gozaba, trabajaba y sufría. Pero le gustaba ir a Oseja: era su terreno neutral.

Él le dijo que sufría por ella y, aunque pareciese egoísmo, era un egoísmo fruto del amor.

Su marido consultó el reloj de cadena que llevaba en su bolsillo.

Llevaba el pañuelo por fuera, saliendo del bolsillo de atrás de su pantalón.

★★★★★

Sentada encima de la *trébede*, con el calor que despedía la lumbre de abajo, bordaba aquellas labores tan afiligranadas.

Estaban cenando. La *muyer* cambió el plato para servir el siguiente. Él estaba sentado, con la camisa desabotonada, se le veía el chaleco y, con los brazos apoyados sobre el *escaño*, esperaba el rico café que lo acompañaba una copa de orujo.

Su esposo había estado bebiendo y fumando toda la tarde. El dolor en el lado derecho era imposible de ignorar y no pudo contener el remolino emocional que lo abrumaba.

Ella hablaba en tono intencionadamente ligero y superficial. Su esposo no le escuchaba; estaba como ausente, intentando olvidarse de sí mismo.

Los tocadiscos, que emitían canciones de los años sesenta, eran imposibles de olvidar.

Miró el reloj. La esfera luminosa marcaba la una y media. Las noticias llegaban hasta la televisión. La gente hacía verdaderas barbaridades cuando se ponía a pensar detenidamente.

★★★★★

Las ramas del frondoso tilo salpicaban luces sobre la figura, vestida de oscuro. El mediodía de julio era una fulgurante cúpula azul sin una sola nube. Un olor, mezcla de muchos, impregnaba el aire cálido: avanzaba y retrocedía a oleadas muy lentas, sin que se supiese con exactitud desde dónde venían ni por qué.

Dijo: «Hace una mañana tan preciosa». Nadie creería que estuviera pasando algo en el mundo. Ella, desde luego, no lo creía.

Era pleno verano. La ventana estaba abierta de par en par. El aroma de los rosales y los geranios era muy fuerte. Sintió de pronto la mano de su marido sobre su cintura. Fue en el rústico *escaño* de la cocina. Ella respiraba con dificultad; se sentía su respiración por toda la estancia, su cabello recién lavado y el aroma que desprendía. Su esposo se acercó un poco a ella con la copa de vino. La *muyer* cerró los ojos. Él tardó unos segundos más de lo que ella esperaba. Ella tenía un abanico abierto y se dio un poco de aire, y entonces él la besó: fue un beso casto, sin vida.

El perro les observaba con atención. Bajaba los ojos turbios hacia sus manos y los volvía a alzar. ¿Qué veía? ¿A quién veía? Veía la vida maravillosa en el valle de Sajambre. Ella, que era tan lista, pensaba que estaban presos de los ojos: «Todos, hasta los perros, que tienen tanto olfato. No es raro que viviéramos en la era de la imagen». Lo reducimos todo a imágenes e imágenes, hasta las fórmulas matemáticas.

Ella soltó una pequeña carcajada. «¿A todo lo contrario? Qué torpes son los *omes*. Hay que ponerles todo tan despejado».

—Pareces muy feliz. ¿Lo eres? —le preguntó su marido de golpe.

¿Había un tono de guasa en la voz del marido? Era preciso no dejar ni una fisura, que no sospechase que ella vacilaba.

★★★★★

Otro día demasiado gélido para ser otoño, llegó el primer coche a Pío, que corría más que seis caballos juntos. Era un coche con motor. Lo había comprado Gabiel, el minero. Todos los vecinos flipaban: era un coche de la marca Seiscientos, de color blanco; la verdad, era bonito de narices, y para más lujo traía música de una cosa que le llamaban *cinta*: salían melodías de distintos autores, solo les faltaba montar un guateque allí dentro porque daban ganas de bailar. Se metieron dentro y no hacía nada de frío; todo era calidez, cerrado a cal y canto, y tenía hasta radio.

El mundo seguía modernizándose… no sé dónde iba a parar tanto consumo. En las casas, cada día se comía mejor, y por la radio les bombardeaban de anuncios para que compraran. Vamos, que aquello era el colmo de los colmos.

Todos los demás se echaron a reír. El pobre *ome* lo insultó todo lo que pudo y más, le hizo todo tipo de vejaciones.

★★★★★

Llegó el día de San Clemente y, como decía el refrán, la nieve tapó toda la simiente. Aquellos picos que rodeaban el valle de Sajambre amanecieron cubiertos de nieve.

Entre lágrimas e hipidos, el pueblo se llenó de dolor para despedir al finado. Se sentía el rezar del rosario: «Santa María, madre de Dios, ruega por nosotros...». El cuarto donde estaba el difunto era lúgubre y había bastantes telarañas.

En misa, las muyeres estaban todas con velos negros en la cabeza, con miradas perdidas y en acto sumiso de sumisión.

El señor cura recitaba la lectura de san Pedro y san Pablo a los romanos...

El funeral y el entierro fueron tristes, más tristes aún si cabe que otros funerales y otros entierros, quizá a causa de la oscuridad del día, ya cubierto por la niebla o por el incesante repique de la campana.

Un señor le decía a otro:

—Ahora, desde que existe el villorrio, se celebran de la misma manera los funerales, sea quien sea el tipo de gente.

—Sí —afirmó el vecino—, ahora todos somos iguales, gracias a Dios.

Gabiel nació en el mismo mes y en la misma estación en que enterraron a su madre. En pleno mes de noviembre, sin un solo dolor en su cuerpo, la devolvieron al otro mundo y la metieron en una caja de roble.

★★★★★

Sentadas en el *escaño*, estaban muy pensativas y todas vestidas de luto: Milia y Malia. Se veía entre las montañas, como si el cielo entero estuviera chapado en pan de oro. Malia no comió nada, presa del dolor.

15

En el baile él la asió por la cintura, tirando de ella con delicadeza mientras bailaban un bonito pasodoble.

—¿Ahora me sacas? ¿Sabes cuánto tiempo llevamos sin bailar?

Danzaban por el *prao* como dos *rapaces* más, sin percatarse de que los miraban. De camino a su domicilio dejaban atrás la música y el jolgorio. La luz los alumbraba bajo las estrellas.

Se besaron en la boca.

Unas *muyeres* decían: «¡Qué poca vergüenza, besarse en plena plaza, allí en medio, delante de todos!».

—Tenemos que poner fin a este colofón de enfados.

Cuando llegaron a casa:

—Estoy rendida. —Pero se reía feliz—. Tus ojos son leales y nobles —añadió suavemente.

Pacho, que no había bebido ni una copa, besó a su esposa mientras bailaban un pasodoble.

—Hoy dormiremos juntos y te haré mi *muyer*. Tenemos que ir a por el niño. Hay que tener al menos tres —le dijo su esposo, y la abrazó fuertemente, atrayéndola hacia sí. Ella sintió su miembro turgente y le gustó.

Milia le dijo una cosa muy clara y verdadera:

—Si es que no me ames tanto y ámame mejor.

El amor enardeció nuevamente.

Pacho respiraba cada vez más rápido. Su *muyer* quería saber a qué sabía, por primera vez, su esperma, y seguía succionando su turgente miembro. Él la levantó y, recostándola boca arriba, exclamó: «¡Ahora te toca a ti, vida!». Le fue quitando las medias hasta sacárselas completamente. Admiró su cuerpo desnudo por unos instantes. Fue besando sus piernas, desde el tobillo hasta llegar a su entrepierna.

Aspiró fuerte entre sus labios vaginales, poniendo su nariz entre ellos, para luego pasar su lengua por toda su vulva, de arriba abajo, chupando su clítoris, que se avivó al recibir tan buena atención de su lengua y labios. Así estuvo, dándole placer oral, chupando y libando su cuevita, hasta lograr que llegara a un riquísimo orgasmo en su cuevita, pegando sus manos a su cabeza hasta que dejó de brincar de tanto placer. ¡Parecía que le hubieran dado fricciones de energía!

—¡Ay! ¡Me encanta, cariño!

Hacía tanto tiempo que no le llamaba «cariño». Su *muyer* se partía de risa, pues con la edad que tenía ya casi estaba en la menopausia. Ya tenía desarreglos en la menstruación. Los años no habían pasado en vano para los dos. Él la abrazó por la cintura y le dio un cachete en los carrillos y, acto seguido, le bajó las bragas. En seguida olfateó el olor íntimo que tanto le gustaba de su esposa: la secreción vaginal llamada copulinas.

—Estabas muy arisca para conmigo.

—Yo no prendía la luz de nadie para prender la tuya. Estabas como una cabra y, para colmo, el poco cariño que nos profesábamos hacía que nos separásemos aún más.

Y el amor comenzó a fluir de nuevo entre los dos tortolitos.

—Es lo que me provocan tus besos y caricias. Suéltalo, por favor, ya voy a dejarte; si no, me van a doler ahí y más abajo, en los testículos…

Sin decirse ya nada, se besan en los labios mientras él desabrocha su pantalón y saca su pene totalmente erecto. Y ella pone su mano encima de su miembro otra vez.

Lo siente palpitar y se queda mirándolo a los ojos. Lo mueve; ve el pene muy duro, con una vena surcándolo a lo largo y un glande brilloso con un líquido transparente que sale por la punta y se desparrama por sus nalgas.

16

Después que dejó de maltratarla y los maltratos fueron disminuyendo…

Sin reflexionar, sin mirar si había o no alguien en la habitación, Pacho la estrechó contra su pecho y cubrió de besos su rostro, manos y cuello.

—Me encantaría volver a casa, pero sé que no es la mejor manera de solventar las cosas.

—Demos tiempo al tiempo —contestó Milia.

—¿Por qué eres como eres? ¿Y tienes que ser tan especial? Tal vez te parezca frío y calculador por lo que pasó en el pasado. Te necesito, princesa, ¿te enteras?

Comencemos de cero, sin dinero —tenemos una *jiya* maravillosa. Para mí, querida, lo importante es el amor, ¿sabes? La conclusión que saqué en todo este tiempo que estuvimos separados es que te amo con locura y lo importante es el amor y nuestra *jiya*.

Milia suspiraba aliviada y llena de gozo al escuchar esas palabras tan bellas de la boca de su esposo.

Había fiesta en Soto de Sajambre y el matrimonio decidió ir. El pueblo lució en todo su esplendor. Era el día 5 de agosto y se celebraba la Fiesta de Nuestra Señora de las Nieves. Como en todos los pueblos de la comarca, en la comida, a la hora de los postres, el arroz con leche, el requesón, la leche frita y el buen flan de huevo se servían junto con los deliciosos *sequillos*, realizados con harina, azúcar y manteca de cerdo. Pacho, que no había bebido ni una copa, besó a su esposa mientras bailaban un paso doble.

Cuando llegaron a casa, todo era de color rosa.

—Estoy rendida, pero me río feliz.

—Tus ojos son leales y nobles —añadió suavemente y comenzaron a besarse con pasión.

Su pene salió de su pantalón, ostentosamente hinchado por una fuerte erección. Se veía muy duro y brincaba, como invitándome a acariciarlo. Se sentó en sus piernas y siguieron besándose con pasión.

Sus manos acariciaron sus nalgas y estrujaron sus senos.

Se hincó entre las piernas de su marido. Lo miró a los ojos. Después pasó otra vez su vista por su erguido miembro. Estaba tan erecto y turgente que quedaba casi paralelo a su vientre, permitiendo ver cómo sus enormes testículos subían y bajaban acorde a su agitada respiración.

Cogió su palpitante miembro, lo chupó en la punta dejando sus labios húmedos por su líquido preseminal, recorrió todo el pene con la punta de su lengua, llegando a sus testículos, que lamió con avidez desmedida.

Besó sus muslos y acarició su ingle. Le hizo cosquillas con sus uñas en las ingles. En su pubis jugaba con su vello ensortijado mientras ella besaba y succionaba sus testículos, uno a uno. Tomó su miembro y lo masajeó sin dejar de lamer sus bolas. Abrió la boca e introdujo su pene poco a poco, hasta sentir una pequeña arcada. Siguió con su felación, moviendo de atrás hacia adelante con sus manos apoyadas en sus muslos; su miembro entraba y salía de su boca, deslizándose armoniosamente y llenando por completo su boca.

Lo siente palpitar y se quedan mirando a los ojos. Se movía, se veía su pene muy duro, con una vena surcándole a todo lo largo y un glande brilloso por un líquido transparente que salía de la punta.

Sentía que algo más grueso que su dedo entraba dentro de ella y la abría por completo.

De un empujón de cadera entró el glande y algo más; ahí sintió que topó con su himen. Gimió y empujó con un poco de molestia tanto al entrar parte del pene como por la resistencia de su barrera. Él siguió embistiendo una y otra vez hasta que, en un fuerte empujón de cadera, su duro pene entró hasta el fondo de su vagina, topando su glande con su cuello uterino.

Lo abrazó fuerte con sus brazos y puso sus piernas alrededor de su cintura. Gimió y lloró al sentir cómo se rompía por dentro y un líquido caliente salía manchando sus muslos.

Él siguió moviéndose dentro de la lasciva *muyer*, haciendo entrar y salir su pene en su vagina, invadida por primera vez de deseo por un duro miembro.

Se besaron con mucha pasión mientras su pene seguía eyaculando dentro de ella y su cuerpo se cimbreaba en cada chorro que recibía.

Al terminar, ambos se ruborizaron, se dirigieron una mirada de soslayo, no supieron ni de qué hablar y, en un rato, no supieron qué decirse…

Milia había dado rienda suelta a lo que le había contado y enseñado su hermana del mundo erótico.

★★★★★

Pacho, después de aquella noche, se había vuelto más galante y le traía flores silvestres y ramas de acebo con sus bolitas.

17

—¿Por qué eres como eres? ¿Y tienes que ser tan especial? Tal vez te parezca frío y calculador por lo que pasó en el pasado. Te necesito, princesa, ¿te enteras?

Comencemos de cero, sin dinero. Tenemos una *jiya* maravillosa. Para mí, querida, lo importante es el amor, ¿sabes? La conclusión que saqué en todo este tiempo que estuvimos separados es que te amo con locura y lo importante es el amor y nuestra *jiya*.

Milia suspiraba aliviada y llena de gozo al escuchar esas palabras tan bellas de la boca de su esposo.

PÍO DE SAJAMBRE

Allá medio (*es una plaza*)
Allá medio, llora un niño.
Allá medio hay un anciano,
el recuerdo despiadado del que no se quiere ir.
Pájaros que vuelan alto.

Si eran niñas,
señoras,
hoy en la cocina,
madres hoy con el mandil.

Tiene el pueblo madre
un vestido verde.
Yo lo estrené una tarde,
una tarde de mayo,
cuando buscaba flores,
cuando buscaba flores,
me sublimé
entre la niebla blanca del amanecer.

Todo parecía tedioso...
y pienso en mi ventana:
«Nunca te olvidaré».

Todos hablan,
todos mienten,
todos dicen.

Al pasar son palabras del poeta
que se imaginan al hablar.